SAUERLÄNDER

© Axel Krause

Tobias Elsäßer, geboren 1973, arbeitet als freier Journalist, Autor und Musiker. Darüber hinaus leitet er Schreibwerkstätten und Songwriter-Workshops und schreibt Drehbücher. Für seine Kinder- und Jugendromane hat er bereits zahlreiche Preise und Stipendien erhalten, u. a. das Kranichsteiner Literaturstipendium vom Deutschen Literaturfonds und dem Arbeitskreis für Jugendliteratur und das Bayern-2-Favoriten-Gütesiegel. Er war nominiert für den Jugendliteraturpreis »Goldene Leslie«; außerdem sind seine Romane regelmäßig unter den »Besten 7 Büchern des Monats«.

Weitere Informationen zum Kinder- und Jugendbuchprogramm der S. Fischer Verlage finden sich auf *www.fischerverlage.de*

Tobias Elsäßer

EDEN PARK

Band 2 Das schwarze Loch

SAUERLÄNDER

Für alle Außerirdischen, die unsere Welt beobachten
und sie nicht verstehen. (Das geht auch vielen Erdlingen so.)

FSC
www.fsc.org
MIX
Papier aus verantwortungsvollen Quellen
FSC® C014496

Erschienen bei FISCHER Sauerländer

Hedderichstr. 114, D-60596 Frankfurt am Main
Umschlaggestaltung: Max Meinzold
Satz: Dörlemann Satz, Lemförde
Druck und Bindung: GGP Media GmbH, Pößneck
Printed in Germany
ISBN 978-3-7373-5463-9

Prolog

Der Rat der inneren Welt hatte bis zum Morgengrauen getagt. Jetzt schritt Kashia, die Präsidentin, zum Rednerpult. Sie wusste, was ihre Entscheidung für die Bewohner bedeutete, aber nach allem, was passiert war, konnten sie nicht länger an diesem Ort im Kern dieses kriegerischen Planeten namens Erde bleiben. Sie mussten weiterziehen, nach einer neuen Heimat suchen, bevor die Wellenstürme noch schlimmer wurden und es kein Entkommen mehr gab.

Sie hatten gehofft, es wäre vermeidbar gewesen. Doch dieser Junge mit dem Namen Vincent war leider nicht stark genug gewesen, um die Verbindungen ihrer beiden Welten zu trennen, damit sie den Schutzmantel ein letztes Mal reparieren konnten. Der Superbote hatte sich getäuscht. Und dabei hatte sein letzter Bericht noch so hoffnungsvoll geklungen. Als könnte dieses besondere Kind tatsächlich ihre Rettung sein.

Kashia holte tief Luft. Nur noch wenige Tage, dann war das schwarze Loch nahe genug, um sie von hier aus in ein neues Universum zu transportieren, wo sie vorerst bleiben würden.

Fünf Tage. So lange mussten sie noch durchhalten und hoffen, dass der Schutzmantel, der ihre Welt umgab, hielt. Und in dem neuen Universum würde alles darauf ankommen, dass die Navigatoren einen besseren Standort für sie finden konnten.

Im Saal war es still geworden. Kashia stieg auf das kleine Podest am vorderen Bühnenrand und blickte in die Gesichter der Anwesenden. Angst. Verzweiflung. Und in den hinteren Reihen Wut und vereinzelt sogar Hass, etwas, das es sehr selten in ihrer Welt gab. Hass auf die Fremden, die Erdenbürger. Der Anblick war kaum auszuhalten. Sie wollte gerade ihre Stimme erheben, als ihr der Saaldiener vom Bühnenrand aus Zeichen gab zu warten. Neben dem Diener erschien ein dürrer Mann in Anzug. Sein Gesicht war so blass, dass man den Eindruck hatte, es würde von innen heraus leuchten. Die kantigen Umrisse seines Kopfes umgab ein bläuliches Schimmern. An seiner linken Hand blitzte ein glänzender Ring auf. Ein Beobachter! Kashia lächelte kurz auf. Vielleicht hatte er etwas herausgefunden, was einen zweiten Versuch rechtfertigte, diesen Planeten etwas später, auf sanftere Weise zu verlassen. Ohne dass die Erde bleibende Schäden davontrug oder das Klima verändert wurde. Aber das würde schon fast an ein Wunder grenzen. Sie

Die Navigatoren durchforsten sämtliche Universen (einige Erdenbürger zweifeln noch, aber es gibt verdammt viele) nach geeigneten Planeten. Wenn man, wie das hier beschriebene Volk, nur Gast innerhalb eines Planeten ist und nichts zu sagen hat, muss man damit rechnen, dass die Ureinwohner irgendwann alles kaputtmachen. Für den gar nicht so unwahrscheinlichen Fall braucht man dann einen neuen Wohnsitz, an den man sich im *drag-and-drop*-Verfahren flüchten kann.

räusperte sich, dann erhob sie ihre Stimme und versuchte, in ihrer Ansprache möglichst viel Hoffnung mitschwingen zu lassen. »Beginnen möchte ich mit dem neuesten Bericht eines Beobachters, der soeben aus der oberen Welt eingetroffen ist.«

Der Mann trat hastig in das Licht der schwebenden Scheinwerfer. Kashia las aus seinen Bewegungen, dass es wohl leider doch keine guten Neuigkeiten waren, die er von seiner Reise mitbrachte.

»Also …«, begann der Mann, kaum dass der Saaldiener das Mikrophon (eine sendefähige Butterblume) am Revers seines Jacketts befestigt hatte. Seine kleinen Augen schimmerten grün in unterschiedlichen Schattierungen. Die Folge eines unvollständigen Quantensprungs. Eine seiner Pupillen war geweitet, die andere klein wie bei einem Stecknadelkopf. »Wir haben den Kontakt verloren. Sowohl zu dem Erdenjungen Vincent Parker als auch zu dem Superboten Äsch Flux Underwood. Die Wellenstürme zwischen unseren Welten sind so stark, dass wir keine aktuelle Aufenthaltswahrscheinlichkeit haben. Ihr Standort ist unbekannt. Momentan können wir nicht mal sagen, ob der Junge und der Bote überhaupt noch am Leben sind.«

Er machte eine Pause und räusperte sich. »Und selbst wenn dem so ist, glaube ich nicht, dass es eine Möglichkeit gibt, die Kräfte des Kinds ein zweites Mal zu verstärken, um die Folgen des Ausstiegs für seine Welt und ihre Bewohner abzumildern. Die Vorbereitung würde zu lange dauern.« Er senkte den Blick.

»Es wird hier und da Tote geben. In unserer Welt und bei den Erdlingen, wenn sie die Bohrungen nicht stoppen.«

Sofort meldeten sich aus den hinteren Reihen aufgebrachte Stimmen: »Wir wollen nicht wieder flüchten!«, »Auch wir haben ein Recht auf Heimat!«, »Nieder mit dem Rat! Nieder mit den Erdbewohnern«, »Wir werden nicht nachgeben. Dieser Planet ist auch unser Planet!«

Kashia breitete die Arme aus, bis die Zwischenrufe verstummt waren, dann nickte sie dem Beobachter zu. »Bitte fahren Sie fort.«

Der Saaldiener reichte dem Mann ein Glas Wasser, das er mit einem Schluck leerte. Ein Zischen war zu hören, kurz darauf stieg eine Dampfwolke über seinem Kopf auf. »Ich sehe keine andere Möglichkeit, als den Exit durchzuführen, bevor es in unserer inneren Welt und in der Zwischenwelt Betwedew zu weiteren Verschränkungen und Auslöschungen kommt. Unser Schutzschirm kann den negativen Wellen nicht mehr lange standhalten. Er ist zu dünn. Immer mehr Sektoren sind davon betroffen.«

Er tippte gegen das Glas seiner klobigen Armbanduhr. Ringsum im Saal gingen die Lichter aus. Über den Köpfen der Zuhörer erschienen aus der Vogelperspektive erstellte Aufnahmen zerstörter Landstriche, Wohnsiedlungen und Wälder, die nur noch durch ihre Umrisse zu erkennen waren: dünne, feingezackte Linien ohne Inhalt. Es sah aus, als hätte ein gigantischer Radiergummi über Häusern, Feldern, Wiesen und Hügeln gewütet. Doch ohne das Alarmsystem, das die tödlichen Wellen angekündigt hatte, hätte es deutlich mehr Opfer gegeben. So war es meist bei oberflächlichen Verletzungen geblieben, die man mit Klangtherapien oder Partikel-Salben heilen konnte. Aber das Loch zwischen den beiden Welten durfte bis zum Ausstieg auf keinen Fall größer werden.

Das Auge der Kamera stürzte zurück zum Boden und jagte durch eine abgesperrte Straße. Im Vorbeiflug erkannte man die Silhouette eines Hundes, der gerade sein Bein an einem Baum hatte heben wollen, als ihn der unsichtbare Tod ereilt hatte und er ebenfalls zu einer Linie verblasst war.

»Die Vorbereitungen zum Verlassen dieses Planeten sind bereits angelaufen«, sagte Kashia und war nicht überrascht, als aus den hinteren Reihen lautstark ihre Absetzung gefordert wurde. »Wir haben nicht das Recht, diesen Planeten zu übernehmen«, sagte sie bestimmt. »Das können und dürfen wir nicht tun. Das steht so in unseren Gesetzen.«

»Aber sie werden ihren Planeten doch ohnehin zerstören«, rief eine faltige Frau mit knarzender Stimme. Ein Mikrophon, das aussah wie eine kleine Sonnenblume und von einem großen Vogel gehalten wurde, der wie ein Kolibri auf der Stelle

Eine Klangtherapie hilft sogar gegen Erkältungen. Da genügen bereits zwei bis drei Töne, wohldosiert und von einer wilden Katze geschnurrt, um den Schnupfen oder den beginnenden Husten in die Schranken zu weisen. Nicht zu empfehlen sind müde Leguane. Selbst bei lächerlichen zwei Tönen, mit der Zunge erzeugt, kommt es häufiger zu Zungenknoten, und am Ende gibt es statt einem gleich zwei Patienten, die behandelt werden müssen.

schweben konnte, bewegte sich lautlos vor ihr in der Luft. Sie lächelte und sprach weiter. Ihre Stimme wurde laut in die Halle hinausgetragen. »Warum sollen wir Rücksicht nehmen? Warum können wir uns ihnen nicht zeigen? Vielleicht würde das ihr Verhalten ändern. Sie denken ja tatsächlich, dass sie fortschrittlich sind.«

Applaus brandete auf.

»Weil auch das so in unserer Verfassung steht«, entgegnete Kashia erschöpft. »Die Vorbereitungen laufen. Und ich bitte Sie, dem Notfallplan Folge zu leisten. In spätestens drei Tagen werden wir diesen Planeten verlassen.«

ERSTER TEIL

ERSTES KAPITEL

Der Krater

Das Knistern kam von allen Seiten. Ein Geräusch wie von unzähligen Chips-Tüten, in denen ein Heer aus spitzen Fingern vergeblich nach Krümelresten suchte. Nur der Geruch fehlte. Es roch nach nichts, nach gar nichts und noch weniger davon, und das machte Vincent traurig. Er wünschte sich, eine Spur von Erdnussflips aus der trockenen Luft herauszufiltern. Dann wäre Äsch, der Superbote aus der Zwischenwelt, noch in der Nähe. Aber Äsch war tot. Hatte sich selbst geopfert, um die Zerstörung von Eden Park zu verhindern und Menschenleben zu retten.

Vincent war ihm dankbar. Äsch, seinem Freund. Es war nicht fair, dass keiner je erfahren würde, dass Äsch ein echter Held war, der sein Leben für sie geopfert hatte. Ein *Märtyrer* oder wie das hieß. Man sollte ihm ein Denkmal bauen und auch gleich noch einen Feiertag nach ihm benennen. Das wäre das mindeste.

> Für einen Menschen (zum Beispiel ein Kind) mag das seltsam klingen, aber für einen Beobachter, der sich gerade eine Megaportion Anti-Soft-Nase-und-Mund-Eis reingezogen hat, ist es normal, dass selbst das leckerste Essen nach weniger als nichts riecht. Oder es riecht doppelt anders und weniger als lecker, was natürlich auch nicht angenehm ist.

Ohne ihn hätte es in Eden Park Verletzte, vielleicht sogar Tote gegeben. So war die Stadt von der drohenden Schwerelosigkeit, von Chaos und Zerstörung verschont geblieben.

Der *neunte* Würfel. Nur dank Äsch war es Vincent gelungen, ihn rechtzeitig in den Krater vor dem Haupteingang zu werfen und die Katastrophe abzuwenden. Der Krater, dachte Vincent verwirrt. Der Krater, in dem er sich seit der Explosion des Würfels und dem Sturz vom Hoverboard noch immer befinden musste. Sein Herz tat einen schweren Schlag, als wollte es ihn daran erinnern, dass er trotz der Bemühungen des Boten sehr wahrscheinlich selbst bald sterben würde, auch wenn sich das komischerweise gar nicht so anfühlte, so *bedrohlich*.

Konnte man wirklich so gelassen bleiben, wenn man gerade kilometerweit in die Tiefe stürzte und jederzeit an einer schroffen Felswand oder auf dem Boden zerschellen konnte? Sein Onkel hatte einmal von einem verschütteten Bergsteiger erzählt, der nur deshalb überlebte, weil er bis zum Eintreffen der Rettungskräfte mit aller Macht dafür gekämpft und sich von Käfern, Moos und Spinnen ernährt hatte. Vielleicht lag es an den Auslöschungen, vielleicht hatten sie sein Gehirn erreicht und dort den Ort zerstört, an dem die Angst zu Hause war und das, was sein Onkel Cornelius mit dem merkwürdigen Wort *Selbsterhaltungstrieb* beschrieben hatte.

Jedenfalls konnte Vincent weder Arme noch Beine bewegen, geschweige denn sie sehen. Und trotzdem sagte ihm seine innere Stimme, dass es keinen Grund gab, sich darüber mehr als nötig aufzuregen. Das war verrückt. Vincent hatte außerdem jegliches

Zeitgefühl verloren. Vielleicht waren Stunden seit der Explosion vergangen, vielleicht auch nur Minuten. Er dachte sehnsüchtig daran, zu schlafen, und stellte sich sein kuschelig warmes Bett vor. Was war nur mit ihm los?

Er erinnerte sich daran, dass er gerade durch einen Krater stürzte, und hoffte, damit irgendeine *normale* Reaktion auszulösen. Fehlanzeige. Da war nur die Trauer um Äsch, die zu ihm vordrang und seine innere Stimme, die ihm zuflüsterte, dass er selbst sich in Sicherheit befand.

Vincent überlegte, was seit dem Sturz in den Krater passiert war. In den ersten Sekunden nach der Explosion des Würfels und dem Sturz vom Hoverboard hatte er geschrien. Aber dann war die Feuerhitze verschwunden, mit ihr das schreckliche Brennen in den Augen und irgendwann auch die Angst. Seit einiger Zeit war es dunkel. Dunkler noch als in der dunkelsten Ecke eines Oligaten-Badezimmers. Vielleicht war er blind?! Blind, aber – zumindest im Augenblick noch – am Leben.

Lag es an der nachlassenden Erdanziehungskraft, dass sein Sturz nun schon so lange dauerte und es sich fast wie ein Schweben anfühlte? Nur ein kleiner Luftzug sagte ihm, dass sein Körper noch in Bewegung war. Das anfängliche Ziehen in der Ma-

In einem Oligaten-Badezimmer ist es deshalb so dunkel, weil Oligaten, egal ob sie groß, klein, dick oder dünn waren, nicht damit umgehen konnten, nackt zu sein. Sie waren davon überzeugt, dass Nacktheit sie der Würde ihrer eigenen Gattung beraubte.

gengegend war einem bohrenden Hungergefühl gewichen, als hätte er schon ewig nichts mehr gegessen. Wie lange dauerte so ein Fall zum Erdmittelpunkt? Mehr als sechstausend Kilometer durch einen riesigen Trichter? Wochen? Und wo genau würde er ankommen, sollte er auf dem Weg nicht verbrennen? Endete sein Sturz gar in einer anderen Dimension? Vielleicht in Äschs Heimat, der Zwischenwelt Bedwedew, wo auch immer die sich befand? Jedenfalls nicht in der inneren Welt, denn die existierte ja nun nicht mehr. Sie war fort.

In Vincents Kopf überschlugen sich die Gedanken. Was sich im einen Augenblick logisch anhörte, klang im nächsten Moment wie aus einem verrückten Science-Fiction-Abenteuer. Wenigstens spürte er endlich einen Anflug von Bedauern, wenn er an sein Leben dachte und daran, dass es schon bald vorbei sein könnte. Ausgerechnet jetzt, wo er zum ersten Mal richtige Freunde gefunden hatte. Leonie und Yashi. Auch sie würde er nie wiedersehen. Seinen Onkel und seine Eltern. Sogar seine nervige Schwester Marlene würde er vermissen.

Plötzlich jedoch verschwand das Knistern. Es wurde still. Unangenehm still. Eine Stille, als würde dahinter eine böse Überraschung lauern. Vincent hörte das Blut in seinen Ohren rauschen. Im Gesicht spürte er einen kühlen, stärker werdenden Luftzug. Hieß das, dass sein fallender Körper beschleunigte? Vincent riss die Augen so weit auf, wie er konnte. Doch nicht einmal die Winzigkeit eines Lichtscheins ließ sich in der Dunkelheit erhaschen. Um ihn herum war nur rabenschwarze Nacht, die mit unsichtbarem Gewicht gegen seine Augäpfel drückte.

Vincent kam ein schrecklicher Gedanke. Was, wenn er sich aufgelöst hatte? Wenn er nur noch ein Geist war? Wenn Äsch sich getäuscht hatte und ihn die Strahlung in dem Krater gar nicht vor der Auflösung bewahrte, sondern das Gegenteil der Fall war?

Vincent spürte ein unangenehmes Gefühl im Bauch. Dann drückte etwas gegen seine Wirbelsäule. Gegen seine Arme. Gegen seine Beine. Gegen seinen Kopf. Licht! Grelles Licht, als hätte jemand einen Vorhang aufgerissen, gefolgt von einem kühlen Windhauch. Vincent blickte nun auf eine dunkel glänzende Fläche, in der langsam die Umrisse eines Gesichts zum Vorschein kamen. Es dauerte einen Moment, bis er erkannte, dass der blasse Junge, der ihn aus zu Schlitzen verengten Augen anstarrte, er selbst war. Sein Spiegelbild. Zurückgeworfen vom abgeschalteten Monitor, der neben seinem Bett in die Wand eingelassen war. Kurz war er erleichtert. Er lag also in seinem Bett. Zu Hause. In Sicherheit. Am Leben.

Nur die Augen, *seine* Augen, sahen irgendwie verändert aus. Fremd. Einschüchternd. Erfüllt von einem feindseligen Funkeln. Vincent spürte, wie sich der eisige Blick in seinen Kopf bohrte. Etwas berührte ihn an der Schulter. Eine Hand?

»Guten Morgen«, sagte eine Stimme. Es dauerte einige Sekunden, bis Vincent sie erkannte. Sie gehörte zu seinem Vater. »Mach die Augen auf, mein Junge. Der Sturm ist vorbei. Draußen erwartet dich ein herrlicher Sonnentag und das leckerste ungesunde Frühstück der Welt.«

ZWEITES KAPITEL

Der Tag danach

Vincent und Leonie saßen an einem der Betontische neben dem Basketballfeld und schauten den Reinigungsrobotern dabei zu, wie sie die Überreste abgestürzter Drohnen, verbeulte Pakete, aufgerissene Medikamentenpackungen und allerhand anderen Müll davonkarrten. Man hatte die Mittagspause auf eine Stunde verlängert. Die Roboter wurden vom Sicherheitspersonal gesteuert und liefen trotzdem immer wieder in die falsche Richtung, als hätten sie über Nacht einen eigenen Willen entwickelt. Der kleine Springbrunnen vor der Mensa schäumte rosa. Dem Geruch nach zu urteilen, war Waschmittel mit besonders kräftigem Kirschduft dafür die Ursache. Die Überwachungskameras hatten ihre Köpfe nach unten geneigt. Systemausfall. Ob wirklich alle Kameras von diesem Ausfall betroffen waren, konnte auch Leonie nicht sagen. Ihr Handy zeigte nur die beiden englischen Wörter an:

FATAL ERROR

Das Surren der Drohnen war ebenfalls verstummt und mit ihm die künstlichen Vogelgeräusche und die langweilige Kaufhausmusik.

»Ich kann immer noch nicht glauben, dass wir es geschafft haben«, raunte Leonie Vincent zu. Sie zwirbelte an ihren Haarsträhnen und grinste breit. Dann blickte sie sich verstohlen um, als würde sie jemand vom Sicherheitspersonal beobachten.

»Das war ich nicht, Leonie«, entgegnete Vincent. »Wie oft soll ich das noch sagen? Das war Äsch. Er hat uns gerettet. Er hat mir geholfen, den neunten Würfel abzuwerfen.«

Leonie schüttelte den Kopf. »Dein Freund in allen Ehren, aber ohne dich läge hier kein Stein mehr auf dem anderen. Du musst nicht so bescheiden tun. Freu dich doch, dass du etwas Besonderes bist.« Sie knuffte ihn kumpelhaft in die Seite. »Und aufgelöst hast du dich auch nicht. Das hat wirklich krass ausgesehen gestern.«

»Ja, ja.«

Wie durch ein Wunder war in der vergangenen Nacht kein Bewohner von Eden Park ernsthaft zu Schaden gekommen. Weder durch das Erdbeben noch durch den heftigen Sturm. So stand es zumindest in der offiziellen Mitteilung, die überall auf den riesigen Displays im Wechsel mit Rabattangeboten aufleuchtete.

Niemand, außer Äsch. Äsch, für den sich niemand interessierte, weil er aus einer anderen Welt kam. Hatte sein Freund eigentlich eine Familie? Gab es so etwas überhaupt dort, wo er zu Hause war? Warteten seine Angehörigen und Freunde vergeblich auf seine Rückkehr? Vincent wusste so wenig über den Superboten. Er hätte ihm mehr Fragen stellen sollen. Aber jetzt war es zu spät. Jetzt würde er ihn nie wiedersehen.

Die Sonne schien von einem wolkenlosen Himmel, die Luft war ungewöhnlich klar. In wenigen Stunden würde hier alles wieder aussehen wie vorher. Nur die Risse in den Straßen und Verbindungsröhren und der mächtige Krater vor dem Haupteingang, in den er vor wenigen Stunden gestürzt war, würden nicht so schnell verschwinden. Vincent war gespannt, wie die Alpha-Gruppe das den Bewohnern erklären würde.

Den Vormittagsunterricht hatte man in die Aula verlegt und den Schülern aller Klassen Filme und Schaubilder über den weltweiten Klimawandel gezeigt. Am Ende wurde ein prominenter Wissenschaftler zugeschaltet, der Fragen zu Naturkatastrophen beantwortete, bevor er jedem von ihnen ein handsigniertes E-Book schenkte und von der Zukunft der Wetterbeeinflussung schwärmte. »Städte wie Eden Park, die es sich leisten können, werden mit dieser Technologie vor schlimmen Unwettern verschont bleiben und sich dadurch von der Willkür der Natur abkoppeln.«

Viel mehr hatte Vincent von dem Vortrag nicht behalten. Alle paar Minuten waren neue Bilder von der vergangenen Nacht vor seinem inneren Auge aufgetaucht. Szenen wie aus irgendeinem Film und nicht aus seinem eigenen Leben. Als hätte er das alles nur geträumt. Warum hatte sein Onkel den Boten so angeschnauzt? Hätte er auf Cornelius gehört, wäre er wahrscheinlich gar nicht mehr am Leben oder weit fort in einer anderen Welt, wo er nicht sein wollte. Das alles würde er seinem Onkel vorhalten, wenn er sich wieder bei ihm meldete. Aber wahrscheinlich war Cornelius eingeschnappt, dass er bei dem Streit im Labor nicht auf ihn, sondern auf den Boten gehört hatte, und ging deshalb nicht an sein Handy. Das würde ihm ähnlich sehen. Mittlerweile war sich Vincent nicht mal mehr sicher, ob gestern Nacht tatsächlich sein Leben auf dem Spiel gestanden hatte. Jetzt, Stunden später, fühlte sich alles wie ein Traum an, ein Abenteuer, das er dank Äsch und seiner Freunde unbeschadet, nein vielleicht sogar geheilt, überstanden hatte. Komisch war es trotzdem, dass sich sein Onkel nicht bei ihm meldete, nach allem, was passiert war. Wollte er denn gar nicht wissen, wie es ihm ging?

Geistesabwesend hörte sich Vincent Leonies übertrieben actionreiche Zusammenfassung der letzten Nacht an. Hier und da ergänzte er die Lücken. Dass er sich nicht daran erinnern konnte, wie er es aus dem Krater zurück in sein Bett geschafft hatte, ließ er unerwähnt. Obwohl die Auslöschungen an seinem Körper, ja sogar die dunkle Narbe an seinem Finger, restlos verschwunden waren, fühlte er sich den ganzen Morgen schon wie in Watte gepackt, als sei er nicht richtig da. Als würde dieses Gespräch gar nicht wirklich stattfinden, sondern nur in seinen Gedanken. Vielleicht träumte er ja tatsächlich immer noch. Er kniff sich unauffällig in den Arm. Der Schmerz kam verzögert bei ihm an. Das war seltsam.

Leonies Handy vibrierte. Hektisch loggte sie sich in ihren Account ein. Fast zeitgleich kehrten die künstlichen Vogelstimmen wieder zurück, und aus den unsichtbaren Lautsprechern plätscherte leise Musik.

»Wie es aussieht, gibt es von uns keine Aufzeichnungen in der Cloud-Datenbank«, sagte Leonie erleichtert. »Allem Anschein nach haben wir es geschafft, unter dem Radar zu fliegen. Nicht mal die fehlenden Hoverboards haben sie bemerkt. Das war alles total *undercover*. Das macht uns keiner so schnell nach. Einfach perfekt.«

»Es gibt also auch keine Aufzeichnungen von Äsch oder meinem Onkel?«, vergewisserte sich Vincent. Auch seine Stimme hörte sich für ihn fremd an. Sie klang tiefer und härter.

An Leonies verdutztem Blick erkannte er, dass auch ihr die Veränderung nicht entgangen war. Sie bot ihm ein durchsichtiges Pfefferminzblättchen an. Vincent legte das hauchdünne Blättchen auf seine Zunge, bis es sich zischend auflöste und ihm die kratzige Schärfe in die Stirn stieg. Vielleicht hatte er sich ja gestern Nacht auch einfach nur erkältet.

»Danke«, sagte er, räusperte sich mehrmals hintereinander und wünschte sich seine alte Stimme zurück.

Leonie hielt ihm ihr Armband hin. Das Statuslämpchen leuchtete grün. »Sie haben die Tracking-Systeme hochgefahren. Wird nicht mehr lange dauern, dann schalten sie auch den Rest wieder ein.« Sie klickte durch ein Menü, in dem ihre Aufenthaltsorte der letzten zwanzig Stunden vermerkt waren. »Keiner von uns hat Spuren hinterlassen. Damit sind wir aus dem Schneider.«

»Aber Yashi wurde doch in der Altstadt markiert?«, wunderte sich Vincent. Er erinnerte sich daran, wie sich sein Freund selbstlos einer Drohne in den Weg gestellt hatte, um ihn zu beschützen.

»Schau selbst«, sagte Leonie und hielt ihm das Handy hin. Über dem Zeitstrahl, auf dem Yashis Aufenthaltsorte vermerkt waren, blinkten überall Fragezeichen. »Das System hatte ja einen Total-Absturz. Da werden die Sicherheitsabfragen gelöscht.«

Da trat Yashi zu ihnen. Als Sohn des Hausmeisters kam er dorthin, wo sonst nur die Angestellten der Alpha-Gruppe Zugang hatten, und wusste als Erster, wenn es etwas Neues in Eden Park gab. Er hatte den Vormittag geschwänzt. Weil das System erst jetzt wieder aktiviert wurde, würde sein Fehlen unentdeckt bleiben. Sein T-Shirt war verschwitzt, seine Hände schmutzig. Offensichtlich hatte er seinem Vater bei den Aufräumarbeiten geholfen. Er streckte den Rücken durch und stieß einen tiefen Seufzer aus.

»Schade, dass wir keinem davon erzählen können, was gestern Nacht wirklich passiert ist. Dass wir gewissermaßen die Welt und Vincent gerettet haben.« Mit einem überheblichen Grinsen ließ er seinen Blick über die anderen Tische schweifen, an denen sich die Schüler gegenseitig die Videoausbeute der vergangenen Nacht zeigten. Einige prahlten damit, unter welchen Gefahren sie die Filmaufnahmen gemacht hatten. Die Stimmung war regelrecht aufgeheizt, seit sich herumgesprochen hatte, dass es ein paar Videos unter die Top10 der internationalen Real-Life-Video-Charts geschafft hatten und damit viel Geld verdient wurde.

»Schaut sie euch an, diese ahnungslosen Langweiler«, raunte Yashi Leonie und Vincent zu. »Die haben nicht die geringste Ahnung, was wirklich hinter dem Sturm steckt. Hätten wir das gestern Nacht gefilmt, hätten wir ausgesorgt. Da müssten wir nie wieder in die Schule gehen und könnten Autogramme verteilen. Wir wären Superstars.« Er klopfte sich gegen die Brust. Leonie verpasste ihm einen Stoß in die Rippen. »Jetzt komm mal wieder runter. Ich sehe hier nur einen, auf den die Bezeichnung *Superstar* zutrifft.« Sie lächelte Vincent an.

»Schon gut«, schnaubte Yashi. »Du kannst einem auch echt die Laune verderben.« Er wandte sich Vincent zu. »Wie bist du eigentlich wieder nach Hause gekommen, nachdem du den Würfel in den Krater geworfen hattest? Und wo ist dein schräger Freund abgeblieben? Hast du ihn noch mal gesehen, bevor er in eine andere Galaxie abgedüst ist?«

Vincent schüttelte den Kopf. »Nein. Er ist tot.«

»Tot?« Leonie blickte Vincent skeptisch an. »Das würde bedeuten, dass er richtig gelebt hat. Aber jemand, der lebt, kann nicht einfach so an mehreren Orten gleichzeitig sein und zu einem Insekt oder sonst was mutieren. Das ist beim besten Willen nicht möglich.«

»Da ist was dran«, pflichtete ihr Yashi bei. »Vielleicht ist er mehr so eine Art Geist, ein Alien oder so und kann sich bloß nicht mehr in unserer Welt sichtbar machen.« Er blickte nach oben und grinste. »Oder er hört uns gerade zu und sucht noch nach einem Weg, mit uns in Kontakt zu treten. Meine japanische Oma kann mit Geistern sprechen. Soll ich sie mal fragen, wie sie das macht? Sie kann das wirklich –«

»Äsch ist kein Geist!«, unterbrach ihn Vincent barsch. Er erschrak, wie kalt und wütend seine Stimme klang. Er musste sich richtig beherrschen, ruhig zu bleiben. Das war keine Erkältung. Das war etwas anderes.

»Hey, entspann dich, war ja nur ein Vorschlag. Kein Grund, gleich so auszurasten«, sagte Yashi erschrocken und hob beschwichtigend die Hände.

»Woran kannst du dich denn noch erinnern, außer an die Explosion des Würfels und diesen ewigen freien Fall, wie du das genannt hast?«, wollte Leonie wissen.

»An … an eine Melodie.« Plötzlich fiel Vincent das Reden schwer. Vielleicht weil er sich dazu zwang, seine Stimme ruhig klingen zu lassen. Er schloss kurz die Augen und meinte zu spüren, wie sein Herz stolperte. Das war ein schreckliches Gefühl.

»Alles okay?«, fragte Yashi.

»Hab nur Kopfschmerzen«, log Vincent.

»Da war also Musik?«, sagte Leonie. »Was für eine Art von Musik denn? Hiphop, Klassik, Jazz, Techno, Dance? Oder war es Heavy Metal? Mit Gitarren? Instrumental oder mit Gesang?«

»Warte.« Vincent suchte nach den richtigen Worten. »Es war einfach nur eine Melodie gewesen, einzelne Töne wie von einer ziemlich lauten Gitarre. Etwas, das man am ganzen Körper spürt.« Er versuchte sich an dieses Gefühl zu erinnern, das der Klang bei ihm ausgelöst hatte.

Yashi hob einen Mundwinkel. »*Am ganzen Körper*, alles klar.«

»Jetzt lass ihn doch mal«, pflaumte ihn Leonie an.

»Okay. Erzähl weiter.« Yashi verschränkte trotzig die Arme vor der Brust.

Vincent begann zu summen. Aber die Töne, die da aus seinem Mund kamen, waren falsch. Obwohl sich die Melodie in seinem Kopf richtig anhörte, war es unmöglich, sie korrekt wiederzugeben. Sosehr er sich auch anstrengte. Seine Stimmbänder schienen ihm nicht zu gehorchen.

»Wenn du mich fragst«, sagte Yashi grinsend. »Klingt das eher nach dem Vorzimmer zum Stimmbruch.«

»Warte mal.« Leonie zückte ihr Handy. »Yeah! Das Internet geht wieder.« Sie öffnete eine Musikerkennungs-App. »Kannst du das noch mal wiederholen? Vielleicht erkennt das Programm, was es damit auf sich hat. Sind ja alle Melodien abgespeichert, die jemals von einem Menschen oder einer Maschine komponiert wurden.«

Vincent versuchte erneut, die Tonfolge wiederzugeben, aber es war unmöglich. Je mehr er sich anstrengte, umso schräger klangen die Töne, die aus seinem Mund kamen.

Leonie starrte auf ihr Handy, das eine Fehlermeldung nach der nächsten ausspuckte. »Ich glaube, so wird das nichts.« Sie steckte es weg.

»Feind im Anmarsch«, flüsterte Yashi.

Kaum hatte er das gesagt, baute sich Maja von Sittgenstein vor ihrem Tisch auf. Die Präsidentin von Eden Park lächelte übertrieben.

»Ach, da sind ja meine übermotivierten Schützlinge.« Sie blickte vielsagend von einem zum anderen. »Schön, dass es euch allen gutgeht. War ja für alle von uns eine aufregende Nacht.« Sie hob die feingezupften Brauen, wurde ernst und starrte Vincent an, als würde sie von ihm eine Erklärung erwarten.

»Sie müssen mit den Erdbohrungen aufhören«, sprudelte es aus seinem Mund. »Sie werden damit alles zerstören. Das Beben und der Sturm waren nur der Anfang. Die Wellen breiten sich immer schneller aus. Sie werden damit eine Katastrophe auslösen.« Vincent wunderte sich über seine eigenen Worte. Sie waren direkt auf seiner Zunge gelandet, ohne dass er überhaupt das Gefühl hatte, sie zu verstehen. Die innere Welt war doch verschwunden und damit auch die Gefahr. So hatte Äsch es ihnen erklärt – dass man die Würfel brauchte, um die Schwerelosigkeit zu verhindern, wenn sich die innere Welt aus dem Kern der Erde herauslöste. Oder stimmte das gar nicht? Vincent war verwirrt.

»Die Wellen also.« Maja von Sittgenstein tauschte wissende Blicke mit ihrem Begleiter, einem dürren Mann vom Sicherheitsdienst. Dann verzog sie den Mund zu einem ironischen Lächeln. »Höre ich da etwa die Stimme deines Onkels?« Sie fuhr sich arrogant durch das Haar. »Das Klima wird sich durch die Bohrungen nicht verändern. Hättest du unserem Experten heute Morgen zugehört, hättest du das mitbekommen.« Sie schwenkte den Blick zu Leonie. »Es wird nur günstige Energie für alle geben und auch bald eine Möglichkeit, das Klima zu steuern, was bei dieser unerträglichen Hitze ja nicht das Schlechteste wäre.« Sie tippte auf ihr Handy, wo eine Übersichtskarte von Eden Park erschien, auf der überall grüne und rote Punkte blinkten. »Vincent, wenn du deinen Onkel das nächste Mal siehst, sag ihm bitte, dass wir ihn der Polizei überstellen, wenn er noch einmal ohne Erlaubnis einen Fuß nach Eden Park setzt.« Sie machte eine Pause. »Sollte er jedoch bereit sein, mit uns zu kooperieren und uns Zugang zu seinem Labor und seinen Forschungen zu gewähren, so stünden ihm – und natürlich auch euch – alle Türen offen. Schließlich müssen wir uns um das Wohl aller Bürger von Eden Park sorgen. Und wenn wir keine Kontrolle darüber haben, was vierzig Meter unter der Erde geschieht, ist das nicht möglich. Das werden auch die Gerichte bald einsehen. Natürlich könntest du Vincent auch jetzt schon – aus Verantwortung für die Allgemeinheit – den Zugang öffnen. Das würde das Verfahren abkürzen und deinem Onkel einiges an Unannehmlichkeiten ersparen. Und wie wir wissen, sind die Sicherheitssperren auch auf dich kalibriert.«

Vincent, Leonie und Yashi hatte es die Sprache verschlagen. Die Alpha-Gruppe, Frau von Sittgenstein, wusste also doch Bescheid, wo sie vergangene Nacht gewesen waren. Irgendwelche Bodendrohnen mussten sie beobachtet haben. Die Sensoren hatten sie ja alle deaktiviert. Oder hatte sie der Bienenschwarm verraten?

»Auf keinen Fall!«, sagte Vincent schroff. »Sie dürfen da nicht rein. Das Labor gehört meinem Onkel!«

»Wenn das so ist, hast du sicher nichts dagegen, mir den Schlüssel für die Bibliothek zurückzugeben.« Sie hielt Vincent ihr Handy hin. Über der 3-D-Ansicht seines Gesichts stand der Text:

ALLERGIEWERTE NEUTRAL

Darunter gleichmäßige Wellenlinien, wie er sie von der Messapparatur seines Onkels kannte, mit der er seine Haut untersuchte.

»Deine Allergiewerte haben sich nach unseren Erkenntnissen wie durch ein Wunder neutralisiert. Eine Sonderbehandlung brauchst du also nicht mehr. Zur Sicherheit kannst du dich nachher gerne im Ärztezentrum untersuchen lassen. Ein entsprechender Bericht wird deinen Eltern zugestellt.«

»Aber –«, setzte Yashi an und wurde von Maja von Sittgenstein mit einer Handbewegung zum Schweigen gebracht. »Den Schlüssel, bitte.« Sie streckte Vincent die Hand entgegen. »Oder willst du uns vielleicht jetzt doch die Schleuse zum Labor öffnen? Leonie werden die Bücher sicher fehlen. Vielleicht solltest du ihr diesen Gefallen tun.« Ihr Handy piepste. Sie schaute kurz darauf und nickte. »Im Übrigen mussten wir leider Frau Silberfuchs entlassen. Es gab einfach zu viele Beschwerden über ihre Unterrichtsmethoden. Ihre Umfragewerte sind nach ihrer letzten eigenmächtigen Unterrichtsänderung unter den erforderlichen Mindestwert gesunken. Das tut mir wirklich leid. Sie musste – ganz nach Vorschrift – soeben den Park verlassen.«

»Das haben Sie nicht wirklich getan«, sagte Leonie fassungslos. »Sie gehört zu den Besten!«

»Gehörte«, verbesserte sie Frau von Sittgenstein und blickte zu Yashi, dessen Gesicht keine Regung zeigte. »Euer Biologieunterricht wird in Zukunft in unserem eigens dafür erbauten Virtual-Lab stattfinden.« Wieder das ironische Lächeln der Rektorin. Diesmal direkt an Leonie gerichtet. »Keine schmutzigen Hände mehr, keine albernen Lehren über nostalgischen Gemüseanbau.«

Leonie presste die Lippen aufeinander und schüttelte schweigend den Kopf. Vincent zögerte. »Egal, was Sie noch so vorhaben. Wir sind nicht käuflich!«, stieß Leonie wütend zwischen den Zähnen hervor. »Ich …, mein Vater, er wird Beschwerde einlegen.«

»Ach, ist das so, junge Dame? Sind das die Worte einer kleinen Rebellin? Aber wie du sicher weißt, siegt in Eden Park immer die Mehrheit und damit die Demokratie. Diesen Entscheidungen muss sich jeder beugen, auch du und dein Vater.« Maja von Sittgenstein tat amüsiert. Sie wandte den Blick zu Yashi. »Es wäre zu schade, wenn wir die Hausmeister- und Gartenarbeiten an eine andere Firma übertragen müssten, weil sich dadurch Kosten für die Allgemeinheit sparen ließen.« Dann wieder zu Leonie. »Und unangebrachtes Verhalten gibt Abzüge in der Endnote. Aber das weiß du sicherlich selbst. Gehörst ja *noch* zu den Besten.«

Mit diesen Drohungen ließ sie die drei sitzen und ging davon. Obwohl Leonie selbst getroffen war, versuchte sie zuerst, Yashi zu beruhigen. Sie erinnerte ihn daran, dass ihr Vater im Stadtrat von Eden Park saß und er es nicht zulassen würde, dass es so weit kam.

»Die Alphagruppe wird irgendeinen Weg finden, wenn sie uns loswerden will«, sagte Yashi missmutig. »Bei den Haustieren hat das ja auch geklappt. Und in ihren Augen sind wir nicht viel mehr wert.«

»So was darfst du nicht sagen«, sagte Leonie. »Das stimmt nicht.«

»Doch. Wir werden hier nur geduldet. Wenn sie uns nicht mehr hierhaben wollen, finden sie einen Weg, uns loszuwerden. Mein Vater hat neulich davon erzählt, dass sie sogar im Serverzentrum Leute entlassen wollen, wenn das Upgrade fertig ist.«

Vincent nahm einen Basketball aus dem Kasten neben dem Tisch und spürte erneut Wut in sich aufsteigen. Dieses Mal auf Frau von Sittgenstein, die Alpha-Gruppe und diesen ganzen lächerlichen Park. Seine Finger versteiften sich. Er hatte das Gefühl, den Ball mit bloßen Händen zum Platzen bringen zu können, wenn er noch stärker zudrückte.

Yashi stand auf und spurtete los. »In den Lauf!«, rief er. »Los!«

Vincent hob den Basketball vor die Brust. Ein Impuls zuckte durch seine Finger. Als hätte eine unsichtbare Macht die Hände im Spiel, schoss der Ball zischend vorwärts und traf seinen Freund mit solcher Wucht, dass er meterweit durch die Luft geschleudert wurde.

»Was war das?«, fragte Leonie mit halbem Lächeln und nahm Yashi den Ball aus den Händen. »War Vincents Wurf wirklich so stark, oder war das nur Show?«

»Das war wirklich krass, Alter«, brachte Yashi stöhnend hervor und knetete sich die Finger. »Hast du über Nacht Superkräfte bekommen, oder was ist mit dir los?«

»Weiß nicht«, sagte Vincent und half seinem Freund auf. »Ich weiß nicht, was mit mir los ist.« Er betrachtete seine Hände. Was hatte das alles zu bedeuten?

»Kannst du eigentlich noch durch Wände gehen?«, fragte Leonie und blickte besorgt zum Himmel, wo die ersten Paketdrohnen auftauchten. Daneben schraubte sich ein künstlicher Vogel, ein Mäusebussard, im aufsteigenden Luftstrom über dem Basketballfeld in die Höhe und behielt mit seinen Spezialkameras die Umgebung im Blick. »Jetzt wo deine Allergie anscheinend verschwunden ist, wäre es vielleicht gut, das zu wissen, bevor auch andere davon Wind bekommen, wozu du fähig bist.«

Vincent zuckte die Schultern. »Muss das sein?«

»Weiß nicht«, sagte Yashi unentschlossen.

»Doch! Wir werden das nachher ausprobieren«, sagte Leonie und blickte auf ihr Handy. »Um vier vor der alten Bibliothek.«

»Aber wir haben doch gar keinen Schlüssel mehr«, sagte Yashi.

Leonie sah grinsend zu Vincent. »Den werden wir ja hoffentlich nicht brauchen.«

DRITTES KAPITEL

Der Feind

Vincents angestrengtes Gesicht spiegelte sich im Glanz der lackierten Holztür, bis es zu flimmern begann und sich zu einer überheblich dreinblickenden Fratze veränderte. Er zuckte vor Schreck zusammen. Dann schloss er kurz die Augen. Es war bereits der zweite Versuch, mit Leonie auf dem Rücken durch die hohe Flügeltür der Bibliothek zu tunneln. Den ersten Versuch hatte er kurz vor dem Sprung abgebrochen, weil auch da kein Tunnel, kein Durchgang vor ihm erschienen war, sondern sein Spiegelbild im verzerrten Großformat, das ihn argwöhnisch anstarrte und überheblich den Kopf schüttelte, als wäre es lebendig.

Doch er schob den Gedanken beiseite und machte weiter. Er wollte, er *musste* es durch die Tür schaffen.

Vincent hielt sich exakt daran, was ihm Äsch beigebracht hatte. Seine Füße machten wieder den seltsamen Tanz. Schritt für Schritt. Immer und immer schneller. Doch auch jetzt brachte ihn der Anblick seines feindselig dreinschauenden Ebenbilds

Beim Tunneln, also beim Durchdringen fester Materie mit Hilfe des Quantentanzes, kann es passieren, dass sich die Beine verknoten, wenn man im falschen Moment eine Vollbremsung hinlegt. Die Folgen sind je nach Alter, Geschlecht und Spezies höchst unterschiedlich.

aus dem Takt. Trotzdem tanzte er weiter, tanzte noch schneller, ohne auf den Rhythmus zu achten. Und obwohl er sich immer wieder sagte, dass die Erscheinung nur in seinem Kopf existierte, spürte er eine stärker werdende, lähmende Kraft. Sie floss durch seine Augen, zog sich wie eine Schlinge um seine Gedanken und nahm ihm die Zuversicht, dass es ihm gelingen würde, mit Leonie durch die Wand zu tunneln, ohne sie zu verletzen. Dann jagte ein Blitz durch seinen Körper, angefangen bei seinen Haarspitzen. Als der Impuls seine tanzenden Füße erreichte, quietschten die Gummisohlen seiner Sneakers wie bei einem Wagen, der eine Vollbremsung hinlegte. Leonie stieß einen markerschütternden Schrei aus. Um ein Haar wäre er mit ihr gegen die Tür gekracht.

»Es geht nicht«, sagte Vincent kraftlos und setzte Leonie wieder ab. Hatten seine Schuhe tatsächlich Schlieren auf dem glänzenden Marmorboden hinterlassen?

»Du kannst ruhig sagen, wenn du nicht mehr durch Wände gehen kannst«, kam es enttäuscht von Leonie. »Dafür ist deine Allergie weg. Das ist wohl der Preis.«

Sie sah traurig aus. Von allen dreien würde sie die Bücher am meisten vermissen. Aber auch Vincent würde dieser ruhige Ort fehlen.

»Können wir dann wieder gehen, nachdem das geklärt ist«, drängte Yashi. Er hatte die letzten Minuten geschwiegen. Die Drohung von Frau von Sittgenstein, seine Familie vor die Tür zu setzen, hatte ihn eingeschüchtert. Daran konnten auch Leonies Beteuerungen, ihm zu helfen, nichts ändern.

»Warte«, sagte Vincent. »Ich …« Im Treppenhaus mit den glatten Wänden klang seine neue, tiefere Stimme noch fremder.

Leonie ließ mutlos die Schultern hängen. »Schade. Wirklich schade. Dann brauchen wir wohl auch einen neuen Treffpunkt für uns. Vielleicht irgendwo in einem der ehemaligen Büros beim Serverzentrum. Yashi, du hast doch gesagt, dass es davon etliche gibt.«

»Zu gefährlich«, sagte er. »Die Sittgenstein wird uns beobachten. Ich kann mir so was nicht mehr erlauben.« Er blickte auf sein Armband. Es blinkte rot. Kein Empfang, wie bei ihnen allen. »In spätestens einer halben Stunde muss ich wieder zurück sein. Sind überall Bodendrohnen unterwegs, um die Leitungen abzuchecken. Ich kann nicht riskieren, noch mehr Ärger zu bekommen, weil ich mit euch in gesperrte Bereiche gehe.«

»Ich … ich glaube, ich kann schon noch durch Wände gehen«, sagte Vincent in die entstandene Stille. »Es ist nur …« Wenn er jetzt davon erzählte, was er gesehen hatte, hielten ihn seine Freunde entweder für verrückt oder für einen Feigling. Auf beides konnte er verzichten.

»Hast du eine Ahnung, woran es liegt? Hast du die Tanzschritte vergessen?« Auf Leonies Gesicht zeigte sich der Anflug eines hoffnungsvollen Lächelns. »Hat es deshalb nicht geklappt?«

Vincent antwortete nicht. Er starrte auf die massive, doppelflügelige Eichentür. »Ich bin mir einfach nicht sicher, ob der Schwung für zwei ausreicht«, behauptete er. »Wenn nicht, bleiben wir hängen. Äsch hat doch gesagt, dass so was passieren kann. Und dann sind wir aufgeschmissen. Ich glaub, das hat mich vorhin gebremst.«

»Du immer mit deiner Schwarzmalerei«, seufzte Leonie. »Für einen echten Helden könnte etwas mehr Optimismus nicht schaden.«

»Wie oft muss ich noch sagen, dass ich kein Held bin!«, sagte Vincent schroffer als beabsichtigt. »Du bist viel mutiger als ich«, er blickte zu Yashi, »als wir beide.«

»So ein Quatsch!«, entgegnete Leonie. »Du hast uns alle, vielleicht sogar die Welt, gerettet. Vielleicht würde es dir bessergehen, wenn du damit aufhörst, dich dagegen zu wehren, auserwählt zu sein. Das ist keine Strafe, sondern ein Wahnsinnsglück. Du solltest froh darüber sein.«

»Hast du es jetzt bald mit deinem Vortrag?«, seufzte Yashi. »Eden Park ist nicht untergegangen, und Vincent hat sich nicht aufgelöst. Damit erkläre ich die Mission für beendet.« Er wandte sich zum Gehen. »Los, lasst uns von hier abhauen.«

»Nur noch einen Versuch«, sagte Leonie. »Bitte. Lass es Vincent noch ein letztes Mal versuchen. Ich verspreche dir auch, dass wir uns in Zukunft brav an die Regeln halten, wenn es nicht klappt.« Sie stieß einen tiefen Seufzer aus. »Auch wenn ich den Duft der Bücher und die Geschichten vermissen werde.«

Yashi gab sich geschlagen. »Okay. Einen Versuch.« Er lehnte sich gegen das Treppengeländer. »Was ist mit dir, Vincent? Hast du's dir wieder anders überlegt?«

»Nein … nein, ich … ich will auch wissen, ob ich es noch kann.«

Leonie nickte zufrieden. Dann zog sie einen Chip in der Größe eines Fingernagels aus der Hosentasche und aktivierte ihn mit einem Knopfdruck. »Dritter Versuch. Wenn du es auf die andere Seite geschafft hast, dann halte den Key-Breaker an die kleine silberne Box rechts neben der Tür. Danach müsste sie sich öffnen lassen, wenn ich die Schaltpläne richtig verstanden habe.«

Vincent begann erneut zu tanzen. Leonie und Yashi hatten sich weggedreht. »Keine Zuschauer«, hatte Äsch damals gesagt, als sie durch die Mauer aus dem Park geflüchtet waren. »Sonst kann es zu Verschränkungen kommen.«

Vincent wollte sich an die Anweisungen halten und wich sorgsam der Spiegelung seines Gesichts aus. Wie von selbst erinnerten sich seine Füße an die Schrittfolge, als hätte er sie schon tausendmal getanzt. Die Flügeltüren lösten sich zuerst auf. Das Treppenhaus, die Betonwände folgten, alles begann zu verschwimmen und wölbte sich am Rande seines Gesichtsfelds zu einem Tunnel. Das Letzte, was Vincent aus dem Augenwinkel wahrnahm, war Leonies Hinterkopf. Es sah aus, als würde sie Yashi zunicken.

Als sich Vincent im richtigen Winkel befand, stieß er sich mit voller Kraft vom Boden ab und schoss auf die Tür zu. Seine Finger tauchten in dieses flirrende Nichts ein, das sich im Gegensatz zu den anderen Malen zäh anfühlte wie Karamell. Ein warmer Strom lief durch seinen Körper. Obwohl das Licht um ihn herum greller wurde, zwang er sich, die Augen geöffnet zu halten, was er eine Sekunde später bereute. Denn direkt vor ihm erschien erneut sein Spiegelbild. Großformatig und irgendwie dreidimensional. Die Schärfe wechselte von den hervorstechenden Augen zur Nase und dann zum Mund, als würde eine Lupe über das Gesicht gleiten. Vor Schreck begann Vincent mit den Armen zu rudern, was seine Flugbahn zum Schlechten veränderte. Wie eine Marionette, die an unzähligen Fäden hing, wurden seine Gliedmaßen hin und her gerissen. Und ihm wurde heiß. Entsetzlich heiß. Das Gesicht – *sein* Gesicht – blickte ihn wieder mit zornig funkelnden Augen an. Er hielt dem Blick stand. Die Lippen seines Gegenübers öffneten sich, der Ton kam verzögert.

Wehr dich nicht. Ich werde deine Stelle einnehmen. Ich bin die bessere Version von dir. Deine Welt ist auch meine Welt. Doch ich bin der Stärkere von uns beiden. Die Stimme kam blechern und tief bei Vincent an und war mit einem Nachhall versehen, der in ein grässliches Lachen mündete. Plötzlich ergriff eine unsichtbare Kraft Besitz von ihm und wollte ihn nach oben reißen. Doch er kämpfte dagegen an, legte die Arme eng an den Körper an und führte, beim Hals angefangen, eine energische Wellenbewegung aus, als sei er ein Delphin. Sein Onkel hatte ihm diese spezielle Schwimmtechnik beigebracht. Unter Wasser konnte man auf diese Weise ziemlich gut beschleunigen. Es funktionierte! Vincent durchstieß die unsichtbare Grenze und landete auf der anderen Seite, wo er mit voller Wucht auf den Boden knallte. Er stöhnte vor Schmerz auf. Durch die Tür hörte er dumpf die Stimmen von Leonie und Yashi. Sie riefen laut seinen Namen. Vincent rappelte sich auf, hielt den

Chip von Leonie an den silbernen Kasten und ließ die beiden herein.

»Warum hat das so lange gedauert?«, herrschte ihn Leonie an. »Warst du noch kurz auf dem Klo?«

Vincent blickte sie entgeistert an. »Lange?«

»Zehn Minuten«, schnauzte ihn Yashi an. »Du hast uns zehn Minuten da draußen warten lassen.«

»Das … das war keine Absicht.« Für Vincent hatte sich der Sprung nur wie wenige Sekunden angefühlt. Wie konnte das sein? Hing das mit der Spiegelung zusammen?

Auch jetzt wollte er nicht erzählen, was er gesehen hatte. Leonie nahm ihm den Chip aus der Hand und sorgte dafür, dass sich die Flügeltüren hinter ihnen schlossen. Yashi war bereits auf dem Weg nach unten zu dem Tisch mit den Bücherstapeln. Vincent folgte ihm. Er versuchte, sich nicht anmerken zu lassen, dass er am ganzen Körper Schmerzen hatte. An Armen und Beinen war es besonders schlimm. Dort fühlte es sich an, als würde ihn jemand zwicken. Aber zumindest an den Unterarmen war nichts zu erkennen.

Leonie zog ein Notizbuch und einen klobigen Kugelschreiber aus ihrem Rucksack und setzte sich in einen der Sessel.

»Was soll das jetzt werden?«, fragte Yashi. »Spielen wir jetzt Mittelalter?«

»Eine Vorsichtsmaßnahme. Das System scannt im Augenblick alle Einträge und Aufzeichnungen in der Cloud und überall in der Stadt, um nach Beschädigungen zu suchen. Jedes Bild, jeder analoge und digitale Schnipsel wird dabei abgefragt. Kann sein, dass sie auch Nano-Drohnen losgeschickt haben. Bei der Sittgenstein bin ich mir nicht sicher, ob sie sich an die Regeln hält.«

»Ich … ich möchte nicht mehr«, platzte Yashi da heraus. »Ich kann nicht riskieren, dass mein Vater seinen Job verliert und wir von hier weggehen müssen.« Er zuckte entschuldigend mit den Achseln. »Ich bin kein Feigling, falls ihr das jetzt denkt, aber wenn die Sittgenstein ernst macht, hab ich's für meine Familie vermasselt.«

Vincent war nicht überrascht. Er konnte verstehen, dass Yashi Angst hatte. Leonie klickte mit dem Kugelschreiber.

»Aber sie werden dich nicht in Ruhe lassen«, sagte sie. »Auch wenn du dich nicht mehr mit uns hier triffst und wir ab heute mit dem Überwachungskram aufhören und brav sind. Sie werden alles daransetzen, um ins Labor von Vincents Onkel zu kommen. Das Einzige, was wir tun können, ist deshalb, der Sittgenstein Paroli zu bieten.«

Yashi verzog das Gesicht. »Was willst du ihr bieten?«

»Das heißt: wie bitte. Und ich bin gerade dabei, mir eine Strategie zu überlegen, wie wir uns unangreifbar machen.«

»Tu nicht immer so, als sei ich dumm! Nur weil du dir alles merken kannst.«

»Ich kann dafür weder auf Bäume klettern noch mit Bällen umgehen. Es gibt also keinen Grund, sich aufzuregen.«

»Leonie hat recht«, sagte Vincent und stellte erleichtert fest, dass das Zwicken aufgehört hatte. »Die Sittgenstein will uns erpressen, um an meinen Onkel und seine Forschungsergebnisse zu kommen. Vielleicht hat sie sogar Wind davon bekommen, dass er einen Beamer erfunden hat.«

Yashi senkte den Kopf. »Sie weiß bestimmt, dass ich die Hoverboards geklaut hab. Das wird sie als Vorwand benutzen, um meinem Vater zu kündigen.«

Ein schleifendes, tippelndes Geräusch wie von kleinen Füßen beendete ihre Diskussion. Es kam aus den hinteren Regalreihen und näherte sich ihnen in einem Zickzackkurs. Leonie bedeutete ihnen, still zu sein. Sie ließ sich lautlos auf den Boden gleiten, verschanzte sich seitlich neben dem Sessel und gab ihnen Zeichen, dasselbe zu tun. Yashi schüttelte energisch den Kopf. Auf seinem Gesicht spiegelten sich Wut und Verzweiflung. Er krallte seine Finger in die Armlehnen. Vincent ahnte, was sein Freund vorhatte. Er wollte sich ergeben. Doch darauf hatte die Sittgenstein nur gewartet. Wenn das tippelnde Geräusch tatsächlich von einer Boden-Suchdrohne kam, die sich hier drin versteckt hatte, dann war es zwar unmöglich, ihr zu entkommen, aber solange die Drohne die Bibliothek nicht verließ, konnte sie ihre Entdeckung auch nicht an das Hauptsystem senden. Dafür war der Empfang hier drin zu schlecht. Das war ihre einzige Chance.

Leonie schien denselben Gedanken zu haben. Mit Gesten versuchte sie, Yashi zu beruhigen. Jetzt durfte er nicht mehr aufstehen. Das tippelnde Geräusch war zu nah. Ein Muckser, und er würde entdeckt und im schlimmsten Fall mit winzigen Pfeilen markiert werden. Die Nano-Pfeile würden ihn verraten, sobald er den Raum verließ. Überall im Park würde er damit Alarm schlagen. Das durfte nicht passieren.

Yashi senkte den Blick. Jetzt sah er aus, als hätte er sich seinem Schicksal ergeben, als würde er gleich losheulen.

Das Tippeln hatte aufgehört. Aus der Mitte der Regalreihen, im Schatten eines Pfeilers, kam nun ein schleifendes Geräusch, das sich ihnen schleppend näherte. Vielleicht waren die Akkus der Drohne fast leer. Wer weiß, wie lange sie schon hier drin im Einsatz war. Damit erhöhte sich ihre Chance, sie einzufangen. Bei voller Ladung war es aussichtslos. Da waren die vierbeinigen Dinger so schnell und wendig wie Windhunde. Leonie bedeutete Vincent, ihr zu folgen. Vielleicht wollte sie die Drohne in die Irre führen. Vielleicht war das die einzige Chance, von Yashi abzulenken, der zusammengekauert und regungslos dasaß und den Kopf in seinen verschränkten Armen vergrub. Vielleicht hoffte sie, dass ihr Akku nicht mehr frisch war und deshalb die Umgebungsscanner nicht mehr funktionierten.

Vincent und Leonie robbten unter dem Tisch hindurch und weiter zur rechten Seite. Das letzte Mal hatten sie die Drohne zwischen einem Regal mit Kinderbüchern und einem anderen mit DVDs geortet.

»Wir brauchen einen Dominoeffekt«, flüsterte Leonie Vincent zu und krabbelte weiter nach rechts, weg von dort, wo sie die Drohne vermuteten. Vincent folgte ihr in einen der Gänge. Die Regale mussten Tonnen wiegen. Wie hoch waren sie? Drei, vier Meter? Auch wenn sie auf Rollen standen, würde es enorm viel Kraft kosten, sie zum Kippen zu bringen. Und dass ein einziges Regal genügte, um die anderen zu Fall zu bringen, war alles andere als sicher.

Leonie war aufgestanden und stemmte sich gegen eines der Regale. Außer einem winzigen Knacksen war nichts zu hören. Sie war viel zu zierlich, um irgendwas auszurichten. Vincent stellte sich neben sie.

»Ich glaube nicht, dass das funktioniert. Die Regale sind zu schwer.«

»Doch«, beharrte Leonie. »Wir müssen es nur schaffen, ein Regal aufzuschaukeln. Sobald es den kritischen Punkt überschreitet, kippt es, und dann kippt auch der Rest. Das ist Physik. Und jetzt streng dich an.«

Vincent stemmte sich mit aller Kraft gegen das Regal. Leonie zählte stumm auf drei, dann drückte auch sie. Aber die massive Holzkonstruktion bewegte sich keinen Millimeter.

»Okay«, Leonie wischte sich den Schweiß von der Stirn. »So viel zur Theorie. Wir brauchen also doch etwas Explosiveres.«

Vincent blickte sie fragend an. »Und was soll das sein?«

»Du bist doch so sportlich. Wenn du dich …« Sie zeigte zur oberen Regalreihe. »… also wenn du dich da oben gewissermaßen zwischen die beiden Regalreihen klemmst, dich waagrecht abstößt oder so, müsste die Hebelwirkung genügen, um das Regal zum Kippen zu bringen.«

»Und was mach ich, wenn es kippt? Hast du dir das auch überlegt? Ich kann leider nicht fliegen.«

»Dich nach dem Fall abrollen oder so?« Sie zuckte mit den Schultern. »Ich dachte, du bist mit deinem Onkel viel im Wald unterwegs. Da lernt man so was doch. Fallen, aufstehen und Hindernisse überwinden.« Sie lächelte schief.

»Sicher«, seufzte Vincent. »In Wahrheit bin ich ein Affe.«

Wieder das schleifende Geräusch! Der Richtung, aus der es stammte, nach zu urteilen, hatte sich die Drohne nicht bewegt. Von Yashi war kein Mucks zu hören.

Vincent kletterte eine der Regalseiten hoch. Seine Hände fanden Halt an Lampenbefestigungen, die Füße schob er in Lücken zwischen den Büchern. Oben angekommen, gab er Leonie Zeichen, dass alles okay war. Jetzt wurde es schwieriger. Obwohl Vincent lange Beine hatte, reichten sie nicht zum nächsten Regal. Da fehlte fast ein halber Meter. Auch mit Abdrücken standen die Chancen schlecht. Es gab nur eine Möglichkeit, Leonies Idee umzusetzen: Er musste abspringen und wie ein Karatekämpfer mit ausgestrecktem Bein gegen das gegenüberliegende Regal treten. Er konnte nur hoffen, dass der Sturz danach nicht allzu sehr weh tat.

Vincent stand auf. Er blickte über die Regalreihen und ignorierte Leonies verblüfftes Gesicht. Dann wippte er mit dem Oberkörper zwei- dreimal vor und zurück wie ein Weitspringer, bevor er losspurtet, holte tief Luft, spannte alle Muskeln an, stieß sich mit aller Kraft von der Kante ab und segelte mit ausgestrecktem Bein durch die Luft. Sein rechter Fuß traf das gegenüberliegende Regal mit voller Wucht. Ein lautes Knarzen hallte durch die Bibliothek. Für eine Sekunde hatte er die Hoffnung, seinen Sturz abzumildern, indem er sich an einer Regallampe festhielt, aber das Gegenteil war der Fall. Er stürzte mit der Schulter voraus auf den harten Steinboden und stöhnte vor Schmerz auf.

Aber es hatte funktioniert! Das Regal, gegen das er getreten hatte, kippte mit einem gewaltigen Donnern gegen das ihm gegenüberstehende Regal und brachte es mit seinem Schwung aus dem Gleichgewicht. Der Dominoeffekt war im Gange. Ein Regal nach dem anderen krachte nach vorne. Der Lärm fallender Bücher, berstender Regalbretter und splitternder DVD-Hüllen war ohrenbetäubend. Mittendrin schrie Yashi plötzlich auf. Die Drohne hatte ihn gefangen genommen! Vincent und Leonie tauschten entsetzte Blicke aus. Hoffentlich war die Maschine schlau genug, um den fallenden Regalen auszuweichen, sonst würde sie mit Yashi darunter begraben werden.

VIERTES KAPITEL

Pingpong

Es war still. Beängstigend still. Schon seit einigen Sekunden. Nur das beständige Rauschen der Lüftung war zu hören. Galaxien von Staubteilchen blinkten wie winzige Insekten im Schein der Deckenbeleuchtung. Bis Leonie von einem heftigen Niesanfall durchgeschüttelt wurde. Vincent erwachte aus seiner Starre und rief nach Yashi. »Hier!«, kam es mit erstickter Stimme mitten aus den umgestürzten Regalreihen. »Ich bin hier hinten.«

Sofort kletterte Vincent über den gigantischen Bücherhaufen und versuchte, sich der Stimme zu nähern. Hatte die Suchdrohne Yashi tatsächlich vor dem Regalsturz erkannt und gefangen genommen? Die neueren Modelle verfügten über ein Netz, das sie auswerfen und unter Strom setzen konnten. Eigentlich um entlaufene Haustiere einzufangen, aber vielleicht hat man sie für diesen Einsatz auch auf Menschen programmiert. Vincent hasste Maja von Sittgenstein und die Alpha-Gruppe, in deren Auftrag sie arbeitete. Diesen Hass spürte er am ganzen Körper, in all seinen Muskeln. *Du bist ja doch nicht so schwach*, ätzte die Stimme in seinem Kopf. *Nur weiter so. Gib dich dieser Kraft hin.*

Seine Eltern hätten auf seinen Onkel hören sollen, als sie das Haus gewonnen hatten. Er hatte ja gleich gesagt, dass er nicht an einen Zufall glaubte.

Vincent bemerkte gar nicht, wie er ohne große Anstrengung,

aber voller Wut Bücher und Regalbretter zur Seite schaufelte und sich wie ein Bagger eine Schneise durch die verwüsteten Regalreihen bahnte. Seine linke Hand blutete, mehrere Fingernägel waren abgebrochen. Doch Schmerz spürte er erst, als er bei Yashi angekommen war.

»Hast du dich verletzt?«, keuchte Vincent. Vorsichtig hob er ein umgestürztes Regal an, unter dem sein Freund begraben war. Keine Spur von einer Drohne.

»Ich glaube, nicht.« Yashi starrte ihn verblüfft an. »Krass, wirklich krass.«

»Was meinst du?«

»Dass du plötzlich so viel Kraft hast.«

Leonie erschien am anderen Ende der meterhohen Schneise.

»War irgendwas in deinem Mittagessen, Mister Hulk?«, rief sie, eilte zu ihnen herüber und musterte Vincent von oben bis unten. »Du hast kurz ausgesehen, als würdest du jeden zu Kleinholz verarbeiten, der sich dir in den Weg stellt. Echt *spooky*.« Sie weitete erschrocken die Augen. »Mist, du blutest ja.« Sie nahm ein Taschentuch und tupfte seine verletzte Hand. Mit der freien Hand wischte sich Vincent den Schweiß von der Stirn. Er zitterte am ganzen Körper.

»Wolltest du dich umbringen?«, blaffte Leonie Yashi an. »Was war das nur für eine bescheuerte Aktion! Hast du dich etwa auf die Drohne gestürzt? Ist das Ding jetzt wenigstens kaputt?« Sie blickte sich suchend um. »Wo ist es denn?«

»Das Geräusch kam nicht von einer Drohne«, sagte Yashi grinsend. Dann bückte er sich, zog etwas hervor, das aussah wie eine Spielfigur mit Insektenflügeln auf dem Rücken, stellte es auf ein Buch und richtete den Strahl seiner Handylampe darauf. »Er lebt!«, verkündete Yashi und strahlte übers ganze Gesicht. »Los, sag schon was.«

Ein winziges Räuspern folgte, dann sagte jemand mit äußerst dünner Stimme: »Hallo zusammen.«

Es war Äsch!

Vincent konnte sein Glück kaum fassen. Äsch Flux Underwood, sein Freund, der Superbote ersten Ranges, war noch am Leben! Zwar sah er anders aus als erwartet, und sein gesundheitlicher Zustand schien auch nicht der beste zu sein, aber er war nicht gestorben, weil er Vincent geholfen hatte, den neunten Würfel in den Krater zu werfen. Es war ein gutes Gefühl, seinen Freund aus der anderen Welt wieder bei sich zu haben.

Und nachdem sich dieser noch etwa eine halbe Minute in allen erdenklichen Tonlagen geräuspert hatte, erzählte er ihnen, dass er versucht hatte, durch einen Quantensprung in seine Heimat zurückzukehren, nachdem Vincents Würfel in den Krater gefallen war.

Superboten haben einen Stimmumfang von mehr als neunzehn Oktaven, um sich wirklich in jeder erdenklichen Tonart über ihren Beruf, die schlechte Bezahlung und die wenigen Urlaubstage aufzuregen. Deshalb sollte man sich dieses Räuspern deutlich länger (etwa achtmal so lang) als bei einem Durchschnittsmenschen vorstellen.

»Leider hatte ich nicht mehr genügend Kraft«, sagte er und zuckte mit den schmalen Schultern. »Aber ich bin sehr froh, euch hier alle wiederzusehen. Wirklich sehr froh. Ihr seid etwas Besonderes. Und ihr seid gesund und munter.«

»Du wirst also für immer so bleiben?«, fragte Leonie. »Also nicht, dass ich das schlimm fände, aber fühlt sich das denn okay an für dich, eine Art Insekt im Anzug zu sein?«

»Eine Amöbe wäre schlimmer«, scherzte Äsch mit heiserer Stimme. Der Superbote war etwa auf die Größe einer Playmobilfigur geschrumpft. Er hatte dünne Arme, noch dünnere Beine und einen kugelförmigen Bauch. Die durchscheinenden Insektenflügel sahen nicht aus, als könnte er damit fliegen. Interessanterweise trug der Bote noch immer seine goldfarbene Anzughose und hatte einen Vollbart mit mehreren besonders langen Tasthaaren. Wenn er sich bewegte, funkelte es um ihn herum wie bei einer Wunderkerze.

»Gestaltwandeln kostet wahnsinnig viel Energie«, erklärte der Bote mit piepsiger, schwacher Stimme und ließ dabei die Flügel hängen. »Wenn ich nicht bald wieder nach Hause zurückkomme, war's das wohl mit dem Ruhestand. Die Energie fließt aus mir heraus. Meine Elektronen kreisen langsamer und langsamer.«

»Aber wie soll das gehen?«, sagte Vincent verwundert. »Der innere Planet und deine Welt sind doch längst in einer anderen Galaxie. Oder kannst du da dich da irgendwie hinterherbeamen?«

Äsch verstummte. Seine Flügel zitterten. »Das ist leider die schlechte Nachricht, die ich euch überbringen muss. Es hat nicht geklappt. Die innere Welt ist noch am selben Platz im Kern eures Planeten. Die Verbindungen mit eurer Welt waren zu stark. Der neunte Würfel hatte nicht genügend Kraft, um unsere von eurer Welt zu trennen und dich zu retten, Vincent.«

»Es ist also meine Schuld?«, fragte Vincent. »Hat es wegen mir nicht geklappt?« Plötzlich fühlte er sich elend. Hieß das, dass die innere Welt nun doch ausgelöscht wurde? Er traute sich nicht, nachzufragen.

»Der Würfel hat sich richtig entschieden, dir den Großteil seiner Energie zu geben«, sagte der Bote mitfühlend. »Das habe ich mir gewünscht. Du wärst sonst nicht …« Er stockte. »Nicht mehr hier.«

»Wie kannst du das alles wissen?«, fragte Leonie misstrauisch. »Hast du noch Kontakt in die innere Welt?«

Der Bote nickte. »Etwa achtzigmal pro Minute. Aber ich bin zu schwach, um eine wahrscheinliche Superposition zu halten, Nachrichten zu hinterlassen oder ein Notsignal abzusetzen. Ist wie beim Pingpong. Ein dauerndes Hin und Her. Sehr anstren-

> Eine Superposition ist leider nicht so *super*, wie es sich anhört. Sie lässt Boten wie Äsch manchmal an mehreren Orten zugleich auftauchen. Wenn er nicht genügend Kraft besitzt, dann kann er sich an keiner Position halten, sondern erscheint an den unwahrscheinlichsten Orten. Und selbst dort sieht er eher wie ein körperloser Geist aus und weniger wie ein übergewichtiger, Erdnussflips essender Bote, der sich gehenlässt.

gend.« Er rieb sich die Arme. »Meine Atome machen das nicht mehr lange mit.«

Leonie verzog das Gesicht. »Könntest du dich eventuell etwas verständlicher ausdrücken? Ich verstehe nämlich nur Bahnhof.«

»Natürlich.« Äsch zeigte auf das dicke Buch, auf dem er stand. Der dunkle Ledereinband war mit goldgeprägten Buchstaben versehen. *LYRIK DES 19. JAHRHUNDERTS* war dort zu lesen.

»Ich bin wie ein Schiff, das nicht mehr selbst bestimmen kann, welchen Hafen es anläuft, und zu allem Übel auch noch seinen Anker verloren hat.«

Leonie verdrehte die Augen. »Das hört sich natürlich gleich viel verständlicher an. Jetzt sind wir im Bilde.«

»War das Ironie?«, fragte der Bote ernsthaft irritiert. »Das verstehe ich leider nur, wenn ich ganz komplett bin, was gerade nicht der Fall ist. Momentan befinde ich mich hier und dort gleichzeitig. Außerdem bin ich noch geschwächt von euren negativen Wellen. Die setzen mir auch weiterhin ganz schön zu.«

»Aber du bist doch kein richtiger Mensch«, sagte Leonie. »Eher ein Wesen. Das soll jetzt nicht beleidigend klingen.«

»Das tut es nicht. Eure Spezies ist einfach noch nicht weit genug, um alles zu überblicken. Eure Entwicklung steckt im Vergleich zur Entstehung eures Planeten noch in den Kinderschuhen.« Er schmunzelte. »Menschen sind – ausgenommen die meist jüngeren oder sensibleren Exemplare, wie ihr drei es seid – egoistische Idioten ohne Weitblick. Das hab ich jetzt ein für alle Mal kapiert. Das steht zwar auch im Kleingedruckten in unseren Lehrbüchern, aber in den letzten hundert Jahren konnte ich mir davon ein eigenes Bild machen.«

»Hundert Jahren?«, fragte Yashi. »Du bist also ziemlich alt.«

»Na ja«, sagte Äsch. »Das ist ja alles nur relativ zum Aufenthaltsort.«

»Wir haben die Welt also nicht gerettet?«, sagte Vincent niedergeschlagen. »Und daran bin ich schuld.«

Äsch schüttelte den Kopf. »Du hast überlebt. Die Strahlen haben sich vereint und deine Wunden geheilt. Das habe ich gehofft. Somit bist du ein universelles Wunderkind. Der Würfel hat das so entschieden, und das ist großartig. Du trägst zwei Welten in einer Brust, um es poetisch, wie eure irdischen Dichter, auszudrücken.« Der Bote seufzte. Dann runzelte er die Stirn, wurde ernst und blickte Vincent auf einmal besorgt an, als hätte er etwas in seinen Augen entdeckt, das ihm nicht behagte.

»Stimmt was nicht?«, fragte Leonie. »Ist Vincent wirklich *ganz* gesund?«

»Ja, ja … natürlich«, stammelte Äsch und wich ihren Blicken aus. Um ihn herum funkelte es noch stärker. Seine Haut begann zu flackern. »Ich kann meine Position nicht mehr lange halten. Wir sollten uns bald verabschieden, weinen und so.«

»Was passiert denn, wenn du nicht mehr da bist?«, fragte Vincent. Eine Stimme in seinem Kopf sagte zu seinem Entsetzen, dass es okay sei, wenn der Bote starb. Und die Stimme war nicht fremd. Er kannte sie. Genauso hatte sein Spiegelbild vorhin geklungen.

Die Schwächeren müssen den Platz für die Stärkeren räumen.

So lautet die Regel der Welten. Vincent wehrte sich gegen diesen schrecklichen Gedanken und strich Äsch mitfühlend über die Schulter, was ihn seltsamerweise viel Überwindung kostete.

»Ich werde zu Energie«, redete der Bote weiter. »Unsichtbar, aber immer da«, sagte er und rang sich ein kleines Lächeln ab.

»Du kannst also doch sterben«, sagte Yashi verwundert.

»Nennen wir es Umwandeln, das klingt nicht so absolut. Sterben ist für meine Spezies nicht vorgesehen. Das dürfen nur eindeutig festgelegte Körperwesen, wie ihr es seid.«

»Und dieses Umwandeln können wir nicht verhindern?«

»Nur in meiner Welt gibt es Spezialisten für Dimensionsreisekrankheiten und Aufenthaltsunschärfen.«

»Aber dort in deiner Welt, also dieser Zwischenwelt, von der du uns erzählt hast, kannst du nur immer kurz bleiben, weil du deinen *Anker* nicht mehr auswerfen kannst«, folgerte Leonie.

»Vereinfacht gesagt. Sehr vereinfacht.«

»Und was ist mit dem Beamer?«, fragte Vincent. »Meine Tante hat es damit schließlich in die innere Welt geschafft. Dann

Zu den eindeutig festgelegten Körperwesen, wie es in der Fachsprache der Superboten heißt, gehören zum Beispiel Menschen und die meisten Tiere. Schmetterlinge bilden eine Ausnahme, da sie sich im Laufe ihres Lebens verwandeln können. Superboten wiederum suchen sich mehrmals in ihrem Leben die Hülle aus, in der sie sich wohl fühlen. Deshalb sind ihnen Äußerlichkeiten auch nicht so wichtig. Schönheit finden sie in ihrer Sprache, dem Wissen oder den Talenten, die sie haben.

müsstest du damit doch auch in deine Welt, die Zwischenwelt, kommen.«

»Nur wenn es bei der Übertragung keine Störungen, atomare Fehlspaltungen oder Überspannung gibt«, sagte Äsch. »Und das ist eine Frage von Millisekunden. Und meine Heimat liegt ja, wie der Name schon sagt, mehr so dazwischen, quasi in der Sandwich-Position.«

»Wir müssen es trotzdem versuchen«, sagte Vincent unbeirrt und kämpfte gegen seine innere Stimme an, die ihn davon abhalten wollte, sich für seinen Freund einzusetzen.

»Weißt du jetzt etwa, wo dein Onkel ist?«, fragte Yashi verwundert. »Aber selbst wenn er ungesehen hierherkommen sollte, glaube ich nicht, dass er uns helfen wird.«

»Ich weiß nicht, wo er ist«, antwortete Vincent. »Aber wir werden das auch ohne ihn schaffen. Leonie kennt sich ja mit Software aus.«

»Ich?« Leonie schien nicht zu wissen, was sie sagen sollte. »Also ich kann mir das mal anschauen. Aber ich kann keine Garantie dafür geben, dass ich bei dem Code deines Onkels durchblicke. Er hat das Programm ja sicher noch in irgend so einer uralten Programmiersprache geschrieben. Oder kennst du dich damit aus, Äsch?«

»Nein. Wir benutzen keine Elektronik, wie ihr sie kennt.«

»Sondern?«

»Pflanzen.«

»Sicher«, sagte Leonie und hob eine Braue. »Dann wird es wohl an mir hängenbleiben.«

FÜNFTES KAPITEL

Der goldene Schnitt

Das Labor von Cornelius sah noch genauso aus, wie sie es in der vorigen Nacht verlassen hatten: unverändert, als hätte man die letzten Momente eingefroren. Auf dem Boden zerstreut Bücher und lose Blätter, an der Tafel eine kurze mathematische Formel, zur Hälfte weggewischt. Äsch hatte sie dort hingeschrieben, als Beweis dafür, dass Vincent bei einer Teleportation gestorben wäre. Die Erinnerung war noch ganz frisch. In diesem Zimmer hatte sich sein Onkel mit dem Boten gestritten. Um jeden Preis hatte er Vincent in die innere Welt beamen wollen und gar nicht zugehört, was ihm Äsch zu sagen hatte. Cornelius hatte wohl keinen Ausweg gewusst, wie er die Auslöschungen an Vincents Köper stoppen sollte, versuchte Vincent sich das Verhalten seines Onkels zu erklären. Er war regelrecht in Panik geraten. Wenn Äsch recht hatte, wäre der Beamer sein sicherer Tod gewesen.

E = bmi – 6000, wobei *E* für Energie steht und *bmi* für den bekannten, aber von Superboten verachteten Body Mass Index, der sie immer als zu dick einstuft. *Minus 6000* (diese Zahl variiert je nach Laune des Wissenschaftlers, der die Formel bearbeitet) bedeutet, dass im Prinzip alle Atomkerne zusammenfallen und am Ende von jedem Wesen, das sich in so einen Zustand beamt, nur noch ein winziges Häufchen Energie übrig bleibt. Sorry, aber einfacher lässt sich diese Formel wirklich nicht erklären.

Wahrscheinlich war es die Angst um sein Leben gewesen, weshalb Cornelius dem Boten gegenüber so aggressiv gewesen war.

Der elektronische Sensor, mit dem sein Onkel auf die Auslöschungen an Vincents Körper gestoßen war, klemmte an der Stuhllehne. Sogar der Computer war noch angeschaltet. Auf seinem Monitor war eine flache Linie zu sehen, die ab und zu von kleinen Wellen unterbrochen wurde. Sollte Frau von Sittgenstein recht haben, würde sich die Linie nicht ändern, wenn er die Lupe über seine Haut führte. Seine Allergie war ja verschwunden. Er nahm den Sensor und strich damit seinen Arm entlang.

»Was machst du da?«, fragte Leonie.

»Ich will nur kurz was testen.«

Vincent drückte auf den Start-Button des Programms, und eine neue Wellenlinie formte sich. Der Ausschlag war so stark, dass die Wellenhügel an ihren Spitzen rot aufleuchteten. Weitaus beunruhigender war jedoch, was als Nächstes geschah. Eine zweite Wellenlinie tauchte auf, deren Ausschläge fast genauso groß waren, unscharf und ein wenig nach links verschoben. Ein rot hinterlegtes Fenster öffnete sich.

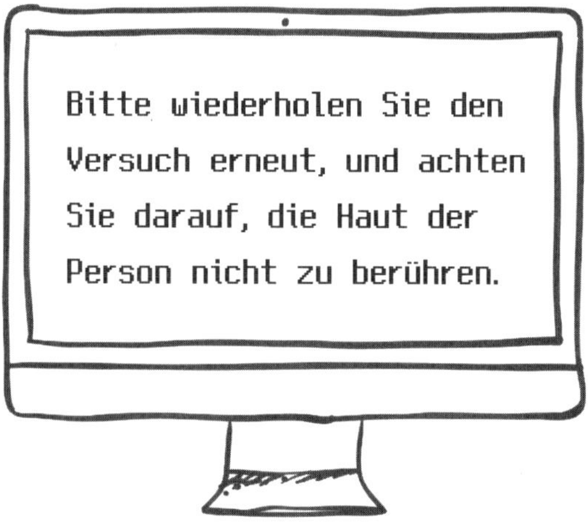

»Was hat das zu bedeuten?«, fragte Yashi besorgt. »Ist deine Allergie doch nicht weg? Löst du dich wieder auf?«

Vincent legte den Sensor aus der Hand. *Das bin ich*, meldete sich die fremde Stimme. *Nun hast du dafür den Beweis. Ich bin ein Teil von dir.*

»Ich … ich weiß es nicht«, stammelte Vincent und blickte seine Arme an. Seine Haut sah ganz normal aus. Wurde er jetzt verrückt? Würde er sich zwar nicht mehr auflösen, aber dafür durchdrehen? Er versuchte, den Gedanken abzuschütteln, und tat so, als sei mit ihm alles okay.

»Wir müssen zum Beamer«, sagte Vincent, seine Stimme ein zweistimmiges Krächzen. Er ignorierte Leonies und Yashis Blicke, straffte den Rücken und öffnete die Tür zum Nebenraum. Warme, stickige Luft schlug ihnen entgegen. Überall blinkten Lämpchen. Es war so heiß, als hätten die vielen Computer die ganze Nacht über gearbeitet. Die Strahlenschutzwände standen kreuz und quer. Die Kabelstränge, die zu dem Podest mit der Beamer-Vorrichtung führten, schlängelten sich unter Tischen und Stühlen hindurch. Keine Spur von Cornelius.

Vincent setzte Äsch behutsam neben dem Steuerungspult ab. Die beiden Monitore darüber schalteten sich automatisch ein. Äsch schien es von Minute zu Minute schlechter zu gehen. Das Schimmern seiner Haut war noch stärker geworden. Wenn sie ihn nicht bald zurück in seine Welt beamten, würde er verschwinden. Sterben. *Zu Energie werden.* Was auch immer das bedeutete.

Leonie ging an einen der Rechner und begann sofort wie

wild zu tippen. »Wenn ich das Programm hier richtig verstehe«, setzte sie an, während ihre Augen die Programmzeilen überflogen, »dann ist das doch nicht so veraltet wie gedacht.« Sie klickte auf ein Symbol, das einen lockigen Mann zeigte, der mit ausgestreckten Armen und Beinen in einem Quadrat stand, das mit seinen Ecken einen Kreis berührte.

»Kriegst du es hin?«, fragte Vincent.

»Der goldene Schnitt«, sagte Leonie ehrfürchtig und sog geräuschvoll Luft durch die Vorderzähne. »Da Vinci war wirklich ziemlich clever.« Der Lockenmann begann zu rotieren, wurde größer und löste sich schließlich auf. Dahinter kam eine neue Seite zum Vorschein: Balken, Zahlen, Diagramme.

»Was ist das?«, fragte Yashi.

Leonie schüttelte ungläubig den Kopf. »Das hier ist der absolute Wahnsinn. Das hier ist die Zukunft.« Sie vergrößerte eine Graphik. »Krass. Wirklich krass.«

»Könntest du uns vielleicht an deiner Erkenntnis teilhaben lassen?«, fragte Yashi übertrieben höflich.

Leonie nickte, dann drehte sie sich zu Yashi und Vincent. »Vincents Onkel … er … er hat sich ebenfalls in die innere Welt gebeamt.«

»Was?«, entfuhr es Vincent. »Das kann nicht sein. Woher willst du das wissen? Das würde er niemals tun. Er würde nicht abhauen, solange ich in Gefahr bin.«

»Die Daten sind eindeutig.« Sie drehte den Monitor zu ihnen und zoomte eine kleine Graphik heran, die eine halbierte Erdkugel zeigte. Die Zielkoordinaten des Transportstrahls blinkten als

Fadenkreuz ziemlich genau im Kern des Querschnitts. »Es tut mir leid. Aber er ist nicht mehr da. Das erklärt auch, warum gestern nach dem Feuerwerk plötzlich der Strom ausgefallen ist. Er hat den Hauptstromverteiler angezapft. Echt clever.«

Cornelius hatte sich einfach so aus dem Staub gemacht. Vincent war enttäuscht. Sein Onkel ließ ihn einfach so im Stich.

Leonie lieferte immer mehr Beweise für ihre Vermutung. Sein Onkel hatte doch gewusst, wie schlecht es ihm ging, und trotzdem war er einfach abgehauen? Vincent war so enttäuscht und wütend, dass er auf der Stelle etwas zerschlagen wollte. Er ballte seine Hände zu Fäusten und hörte mehrere höhnische Stimmen in seinem Kopf, die ihn darin bestärkten, diesem brennenden Gefühl nachzugeben. Selbst Leonie und Yashi gegenüber hegte er plötzlich feindselige Gedanken. *Sie sind dir nicht gewachsen*, sagte eine der Stimmen. *Sie sind zu schwach, um dir zu helfen. Du bist auf dich allein gestellt.*

Vincent bemerkte, wie ihn Äsch zuerst besorgt anschaute und dann misstrauisch. Wusste er, was mit ihm los war?

»Dein Onkel hat dich geliebt!«, sagte der Bote überraschend laut, als wollte er die Stimmen in Vincents Kopf übertönen. »Aber eben auch Angelika, seine Frau«, kam es sanfter aus seinem Mund. »Dein Onkel dachte, die innere Welt würde für immer verschwinden und mit ihr deine Tante. Sonst hätte er das niemals getan. Sonst hätte er sich niemals dazu entschlossen, diesen Weg in die innere Welt anzutreten. Und vielleicht wird er ja wieder zurückkehren.«

»Das ist eher unwahrscheinlich«, mischte sich Leonie ein. »Er hat kein Datum für seine Rückkehr eingetragen. Der Transportstrahl wird ihn also nicht suchen.«

»Es gibt auch andere Wege, durch Welten und Dimensionen zu reisen«, widersprach Äsch mit schwächer werdender Stimme. Dann berührte er Vincent mit seiner winzigen Hand am Arm. Die Berührung, obwohl kaum spürbar, ließ Vincent durchatmen. Sein Freund hatte recht. Cornelius hatte Angelika geliebt. Er hatte so handeln müssen, wenn er sie nicht für immer hatte verlieren wollen. Und wer sagte, dass er nicht doch eines Tages wieder zurückkehren würde? Vielleicht war diese andere Welt ja noch moderner als ihre. Vielleicht konnten dort alle, was Äsch konnte. Durch Zeit und Raum reisen.

»Leonie, kriegst du den Apparat jetzt wieder zum Laufen oder nicht?« Yashi hämmerte ungeduldig mit den Fingern auf das Schaltpult des Beamers. »Ich muss nachher noch meinem Vater helfen. Und danach die Tiere füttern, jetzt, wo Frau Silberfuchs weg ist. Wir müssen uns beeilen.«

»Das schaffe ich nur, wenn ich in Eden Park die Lichter ausgehen lasse. Der Beamer saugt wahnsinnig viel Strom.« Leonie nahm die Hände von der Tastatur, als ob sie sich nicht sicher war, wie weit sie gehen wollte. »Es hat gestern Nacht ein paar Generatoren erwischt. Ohne zusätzlichen Strom von den Bohrtürmen in Hochtal kriegen wir den Beamer nicht zum Laufen. Und das werden die Leute von der Alpha-Gruppe gar nicht gut finden, wenn ich mich da reinhacke.«

»Geht das überhaupt so leicht?«, fragte Vincent.

Leonie schürzte die Lippen. »Im Prinzip müssen wir nur das

Verteilerzentrum anzapfen, Eden Park und noch ein paar andere kleine Städte auf Notversorgung umstellen und beten, dass die Verbindungsleitungen nicht durchbrennen. Dann könnte es funktionieren.«

»Und wenn nicht?«

»Dann wird es einen oder mehrere Kurzschlüsse geben, und sie können auf jeden Fall den Park, die Schule und alles, was noch so dranhängt, für längere Zeit dichtmachen, weil das Serverzentrum kollabiert, die Robos eine Party feiern und …« Sie redete nicht weiter. Auf ihrem Gesicht breitete sich ein geheimnisvolles Lächeln aus.

»Was hast du?«, fragte Vincent.

»Mmh. Wir könnten das doch als Druckmittel benutzen, um der Sittgenstein zu zeigen, mit wem sie es zu tun hat. Sie will mit dem vielen Strom, den sie durch die Erdbohrungen erzeugt, ja vor allem virtuelles Geld, EdenCoins, produzieren. Das könnten wir verhindern. Wenn wir ihr den Geldhahn abdrehen, können wir ihr die Bedingungen diktieren. Und du, Yashi, musst dir keine Gedanken mehr wegen deines Vaters machen.«

EdenCoins sind eine Währung, die an großen Computern durch lange, komplizierte Berechnungen wie aus dem Nichts mit wahnsinnig viel Energie erschaffen wird. Sie funktioniert nach demselben Prinzip wie die meisten Währungen der Welt. Irgendjemand legt einen Wert fest, und die anderen glauben daran – oder auch nicht. Im Gegensatz zu bedruckten Scheinen und Münzen hält man so einen EdenCoin aber nicht in der Hand, sondern speichert ihn als Datensatz auf dem Computer ab.

»Da mach ich nicht mit!«, sagte Yashi entsetzt. »Das ist richtig kriminell. Dafür landen wir alle oder unsere Eltern im Gefängnis. Das können wir auf keinen Fall tun.«

»War ja nur so 'ne Idee«, wiegelte Leonie ab. »Jedenfalls scheint die Sittgenstein zu ahnen, dass es hier unten etwas gibt, das da draußen Millionen wert ist. Dagegen ist die satellitengesteuerte Wetterbeeinflussung, von der dieser Angebertyp heute Morgen gesprochen hat, ein schlechter Scherz. Beamen ist die Zukunft.«

»Und wenn wir uns mit der Sittgenstein einigen?«, schlug Yashi vor. »Vincent, dein Onkel ist doch ohnehin abgehauen, und dir geht es wieder gut, also können wir ihr das Labor doch auch überlassen, nachdem wir Äsch zurückgebeamt haben?«

Vincent zögerte. Er blickte hinüber zur Empore, über der die vierstrahlige Vorrichtung des Beamers hing. »Wir können den Beamer ja unbrauchbar machen, bevor wir die Sittgenstein reinlassen. Natürlich so, dass sie es nicht bemerkt und wir ihn später wieder zum Laufen bringen können.«

»Die Sache hat nur einen Haken«, sagte Leonie. »Was, wenn dein Onkel irgendwann zurückkommen will und wir es nicht mitkriegen? Vielleicht hat er ein Hintertürchen eingebaut, oder er kann auch von außen auf das Programm zugreifen.«

»Können wir das Programm nicht einfach im Hintergrund weiterlaufen lassen?«, fragte Yashi.

»Die Sittgenstein ist nicht doof. Das würden sie oder ihre Leute irgendwann bemerken.«

Äsch machte sich durch ein schleifendes Geräusch bemerkbar,

das er auf irgendeine Weise mit den Sohlen seiner Lackschuhe erzeugte.

»Ich hab euch vorhin nicht alles gesagt«, kam es krächzend und leise aus seinem Mund. Leonie, Vincent und Yashi gingen näher an ihn heran. »Wenn … wenn ich mich nicht arg täusche«, redete der Bote stockend weiter. »Dann werden die Bewohner der inneren Welt ziemlich bald einen neuen Versuch unternehmen, euren Planeten zu verlassen. Das wäre dann ziemlich schlecht.«

»Warum sollten sie das tun, jetzt wo wir mit den Würfeln die Löcher …« Leonie malte Gänsefüßchen in die Luft. »… *gestopft* haben? Ich dachte, damit sind die Wellen unserer Welten wieder voneinander getrennt?«

»In der Theorie stimmt das«, sagte Äsch mit immer dünnerer Stimme. »Nur hat der neunte Würfel einen Großteil seiner Energie ja dafür benutzt, Vincent das Leben zu retten, ihn vor der Auslöschung zu bewahren. Deshalb wird die innere Welt noch immer mit euren negativen Wellen zu kämpfen haben, die dort alles zerstören.«

»Das ist also meine Schuld?«, fragte Vincent.

»Es ist absolut nicht deine Schuld«, beruhigte ihn Äsch schnell. »Es ist die Schuld der Raffgier der Erwachsenen, die nicht auf deinen Onkel und deine Tante hören wollen und mit den Erdbohrungen begonnen haben.« Äsch musste heftig niesen. »Meine Abwehrkräfte schwinden langsam. Wenn sich die innere Welt jetzt herauslöst, wird es zu schlimmen Wellenverwirbelungen kommen. Und dann beginnt auch bei euch der

Verschränkungswahnsinn. In der Folge wird es in eurer Welt zu Auslöschungen kommen.«

»Und was können wir dagegen tun?«, fragte Leonie. »Ich will nicht, dass Menschen sterben.«

Äschs Blick ging hinüber zur Empore. »Dann werden wir die Reise in die innere Welt wohl gemeinsam antreten müssen.«

»Um was zu tun?«, fragte Yashi.

»Um die Bewohner davon zu überzeugen, dass Kinder auch in eurer Welt etwas verändern können. Nämlich Leben retten. So wie meines.«

Verschränkungswahnsinn kann man sich am besten so vorstellen, als würde man plötzlich in der Gedankenwelt und dem Körper eines fremden Menschen feststecken und da nicht mehr rauskommen. Was dann zu tun ist, lernt man auf keiner irdischen Schule, sondern nur in der inneren Welt. Dort kommt es alle paar Jahre zu einem Phänomen, das man als Hirn-und-Körper-Karussell bezeichnet. Regel Nummer 1 lautet: abwarten und Tee trinken. Regel Nummer 2: nicht mit dem Kopf gegen die Wand rennen. Und Regel Nummer 3: nicht singen!

SECHSTES KAPITEL

Das Doppelspalt-Desaster

»Die Bewohner der inneren Welt glauben also wirklich, dass unsere Welt kaputtgeht?«, sagte Leonie empört. »Sie halten uns für rückständig und weniger intelligent? Hab ich das richtig verstanden? Wie eingebildet ist das denn bitte! Gibt doch auch viele Umweltschützer und so.«

Äsch zuckte mit den Schultern. »Sie kennen eure Welt ja nur durch die Berichte von uns Boten. Und die waren in letzter Zeit nicht so positiv.«

»Warum kommen sie nicht selber her, um sich ein Bild zu machen?«, fragte Yashi. »Hat das wieder was mit den Wellen zu tun? Oder haben sie Angst?«

»Es sind die Wellen. Angst haben sie keine.«

»Aber das ist doch unfair«, sagte Vincent. »Was können wir denn dafür, dass die Erwachsenen nicht auf uns hören? Meinen Onkel und meine Tante haben sie ja auch ignoriert. Die haben ja vor den Erdbohrungen gewarnt und geahnt, dass es eine zweite Welt im Erdkern gibt.«

»Genau«, pflichtete ihm Leonie bei. »Ist das in der inneren Welt überhaupt besser? Da müssen Kinder doch bestimmt auch erst in die Schule gehen und lernen, bevor sie mitreden können?«

Äsch schüttelte den Kopf. »Die Regeln sind andere. Alles ist anders.«

»Ich gehe jetzt«, sagte Yashi in die entstandene Stille. »Ich hab's euch ja schon gesagt. Ich will meinen Eltern keinen Ärger machen und nicht, dass sie von mir enttäuscht sind. Tut mir leid. Ihr müsst das alleine hinkriegen.«

»Hast du nicht zugehört, was Äsch gerade gesagt hat?«, fragte Leonie verständnislos, während sie den Mauszeiger über die Symbolleiste am unteren Bildschirmrand gleiten ließ. »Wenn die Bewohner der inneren Welt Ernst machen, spielt es keine Rolle mehr, ob die Sittgenstein uns in Ruhe lässt, ob wir schlechte Noten haben oder dein Vater seinen Job verliert. Dann kommt es zur Katastrophe. Dann stehen Leben auf dem Spiel.« Sie verstummte. Ein neues Fenster hatte sich geöffnet. »Was haben wir denn da? Ein versteckter Ordner.« Sie klickte darauf und öffnete eine Datei mit dem Namen »Für Vincent«. Auf dem Monitor erschien eine Videobotschaft von Vincents Onkel. Der Datumsstempel sagte, dass er sie gestern Nacht aufgenommen hatte.

Zuerst Schwarzbild. Dann sah man Cornelius, wie er vor der flackernden Monitorwand stand. Die Haare zerzaust, die Augen weit aufgerissen. Seine Stimme klang atemlos. Seine Pupillen gingen unruhig hin und her.

»Wenn du das hier siehst, mein Junge, dann … dann bin ich nicht mehr da. Ich musste eine Entscheidung treffen und werde in die innere Welt reisen. Ich hoffe, du wirst das verstehen. Sollte ich nicht innerhalb von sechs Stunden wieder zurückkehren, werde ich bei Angelika bleiben. Es tut mir unendlich leid, was ich dir angetan habe, das musst du mir glauben. Ich hoffe, die Auslöschungen sind verschwunden, wie es dein neuer Freund, der Bote Äsch, mir versprochen hat, und dir geht es gut. Solltest du nicht ganz gesund sein, dann musst du mir folgen. Du darfst nicht zögern. Nur in der inneren Welt kann ich dir helfen. Die Koordinaten habe ich unter deinem Namen abgespeichert.« Man konnte sehen, wie sein Onkel in das blaue Licht des Beamers eintauchte. »Alles Gute, mein Junge. Ich hab dich sehr lieb.«

Der Bildschirm wurde hell, und die Aufnahme war zu Ende.

»Die sechs Stunden sind vorbei«, sagte Leonie tonlos. »Er kommt also nicht mehr zurück.«

Vincent brauchte einen Moment, um sich zu fassen. Cornelius war also wirklich abgehauen. Das hätte er ihm nicht zugetraut: so egoistisch zu sein. Hatte er vor einer halben Stunde noch Verständnis für seinen Onkel gehabt, so fühlte sich Vincent nun aufs schlimmste von ihm verraten. *Am Ende ist sich jeder selbst der Nächste*, sagte seine innere Stimme. *Finde dich damit ab, dass du auf dich allein gestellt bist.*

Wütend kickte Vincent gegen einen Stuhl. Der flog quer durch den Raum und krachte gegen eine der gläsernen Stellwände, die durch die Wucht des Aufpralls förmlich explodierte.

Leonie starrte ihn erschrocken an. »Auch wenn du jetzt ein Wunderkind bist, wäre es cool, wenn du dich ein bisschen zusammenreißt. Du bist doch sonst nicht so … aggressiv.«

»Es war meinem Onkel egal, ob ich sterben würde!«, brach es aus Vincent heraus. »Obwohl er an allem schuld ist. Die Alpha-Gruppe ist erst durch ihn, durch seine Berechnungen, auf die Energiefelder gestoßen.«

»Ganz so ist es auch nicht«, sagte Yashi beschwichtigend. »Er hat ja gesehen, zu was du fähig warst, und hat darauf vertraut, dass du es schaffen wirst, dich und uns zu retten. Und Äsch hat er am Ende wohl doch geglaubt.«

Äsch nickte. »Ich hab deinem Onkel erklärt, dass ich die Auslöschungen stoppen kann, und ihn darin bestärkt, sich in die innere Welt zu beamen, um wieder mit seiner Frau vereint zu sein«, erklärte er kleinlaut. »Es ist ihm alles andere als leichtgefallen, diese Entscheidung zu treffen. Er liebt euch eben beide sehr.«

»Und das verrätst du erst jetzt?«, fragte Leonie.

Vincent blickte den Boten erwartungsvoll an. *Trau ihm nicht, diesem kleinen Wicht!*, riet ihm die Stimme in seinem Kopf.

Äsch zuckte erschrocken zusammen, als würde er seine Gedanken lesen können.

»Egal wie sich deine beiden Freunde entscheiden«, sagte der Bote besorgt, »du, Vincent, solltest deinem Onkel auf jeden Fall folgen.« Er zögerte. Seine runden Augen weiteten sich. »Nur so kannst du deinen Geist retten.«

»Was soll das jetzt heißen?«, fragte Leonie erbost. »Seine Allergie ist doch weg. Willst du damit sagen, dass Vincent nur äußerlich gesund ist? Los, raus mit der Sprache, was hast du uns noch verheimlicht?«

Vincent hoffte inständig, Äsch würde ihr widersprechen, aber der Superbote schien noch weiter in sich zusammenzusinken. »Vincent«, sagte er heiser und winkte ihn mit einer Handbewegung zu sich heran.

Vincent beugte sich zu dem kleinen Wesen herunter.

»Tut mir leid«, kam es schwach aus Äschs Mund. »Ich hab dir vor dem Sprung in den Krater nichts von den Nebenwirkungen gesagt, die auftreten können. Wie es aussieht, bist du nicht mehr allein.«

»Was soll das heißen?«

»Dass die Wellen des Würfels eine Kopie von dir erschaffen haben. Ein Doppelspalt-Desaster. So nennen wir das, was bei der Explosion passiert ist.«

Vincent fiel es wie Schuppen von den Augen. »Dann war das vorhin gar keine Einbildung?«, entfuhr es ihm.

»Du hast einen Doppelgänger gesehen?«, fragte Äsch bestürzt.

Vincent nickte. »Und da ist auch noch diese Stimme. Eine fremde Stimme in meinem Kopf.«

»Das ist nicht gut. Gar nicht gut.« Äsch machte eine Pause. Er holte tief Luft. »Was du gesehen hast, war eine andere Version von dir.« Er redete nicht weiter. Seine Haut schimmerte so stark, dass Vincent den Ausdruck in seinem Gesicht nicht mehr erkennen konnte.

Bei einem Doppelspalt-Desaster, kurz DSDS, kommt es bei Superboten zu einem Zustand, der ihn alles mindestens doppelt sehen und spüren und riechen und denken lässt. Bei einem Menschen oder einem Tier jedoch werden je nach Charakter einige Eigenschaften verstärkt und auf den Zwilling übertragen, was sehr gefährlich werden kann.

»Das ist nicht wahr, oder?« Vincent sah Äsch ungläubig an. »Und was bedeutet das?«

Äsch verzog das Gesicht. »Sehr wahrscheinlich ist dieser Doppelgänger spiegelcharakteristisch verschoben, und das kann sehr gefährlich sein, um nicht zu sagen: tödlich.«

Sie schwiegen einen kurzen Moment. Dann wandte sich Vincent wieder Yashi und Leonie zu, die ungeduldig ein paar Schritte von ihnen entfernt auf der Stelle traten.

»Was ist denn los?«, fragte Leonie. »Geht die Welt jetzt gleich unter? Werden sie uns überfallen? Die Aliens aus dem Erdkern?«

»Nein. Das ist es nicht.« Vincent schüttelte den Kopf. »Ich … bin nur nicht allein.«

»Natürlich nicht«, sagte Yashi verdutzt. »Wir sind ja bei dir.«

»Das meine ich nicht.« Vincent blickt seine Freunde unsicher an. »Ich hab einen Doppelgänger.«

Dieses seltsame Wort lässt sich am besten im Selbstversuch erklären: Stellt euch vor einen Spiegel und schaut euch selbst tief in die Augen. Richtig tief, so tief, dass ihr das Gefühl habt, ihr könntet durch die Pupillen mitten in den Kopf hineinsehen. Und jetzt stellt euch vor, dass euer Spiegelbild keine Lust mehr hat, von euch so dämlich angeglotzt zu werden, und wütend wird oder euch gegen das Schienbein tritt. Damit wäre alles erklärt. Oder nicht? Dann wendet euch bitte an Eltern, Verwandte, Bekannte oder Freunde, die können euch sicher weiterhelfen.

SIEBTES KAPITEL

Am Ende der Welt

Nachdem sich Vincent wieder beruhigt hatte, versuchte er Leonie und Yashi zu erklären, was er soeben von Äsch erfahren hatte. Es gab ihn also zweimal – seit dem Sturz in den Krater. Und dieser zweite Vincent könnte es auf sein Leben abgesehen haben.

»Gehen wir mal ganz positiv an die Sache ran«, schlug Leonie vor, als Vincent fertig berichtet hatte. »Solange diese Kopie in Äschs …« Sie blickte nach unten zu dem Boten, der sich nachdenklich den flirrenden Bart kratzte. »… Welt bleibt, die ja eine Art zwischengeschaltete Welt darstellt, wenn ich das richtig verstanden habe, kann uns das Ganze doch eigentlich egal sein, oder?«

Sie alle blickten auf Äsch hinab, der jedoch missmutig den Kopf schüttelte. Als er zu einer Antwort ansetzte, gingen sie alle näher an ihn heran. Seine Stimme war noch dünner geworden. Er sah müde aus und setzte sich hin.

»Diese Doppelgänger können auch aus der Ferne Schaden anrichten. Das können Sie sogar sehr gut. Sie haben eine direkte Verbindung«, sagte er unterbrochen von einem extrem unappetitlichen Boten-Räuspern. Dann holte er tief Luft und redete angestrengt weiter. »Wie ein Parasit befallen sie zuerst den Geist und dann den Körper des Wirts, mit dem sie auf der

Ebene null verschränkt sind. Das Ich ist dann kein Ich mehr, wie es bei allen gesunden Wesen sein sollte, sondern ein schwer zu kontrollierendes Es.«

»Stopp!«, sagte Leonie stirnrunzelnd. »Geht es eventuell auch eine Stufe verständlicher? Wir sind Kinder, keine Wissenschaftler.«

»Vincent wird also so 'ne Art Zombie, wenn wir den oder die anderen Vincents nicht ausschalten?«, fragte Yashi. »Willst du das damit sagen?«

Äsch nickte. »Nur mit dem Unterschied, dass er nicht zwangsläufig jemanden vernichten will. Das passiert nur, wenn die Anziehungskraft der dunklen Seite erliegt.«

»Und wovon hängt das jetzt wieder ab?«, seufzte Yashi, während Vincent sich vorstellte, wie er diesen Gegner – der ja eine Kopie seiner selbst war – zur Strecke bringen würde. Ein Gedanke, der ihm falsch vorkam. Auch wenn es nicht mutig war, wäre er am liebsten weggerannt und hätte sich irgendwo versteckt, bis der Spuk vorbei war.

Die Ebene null kann man sich als Erdenkind oder auch Erdenerwachsener – als Vertreter der nicht ganz so intelligenten Spezies Mensch eben – wie das unterste Stockwerk eines Hauses vorstellen. Auf diesem Stockwerk schwirren unzählige Gedanken herum. Wenn diese Gedanken sich untereinander zu stark vermischen, fühlen sich die Leute total unwohl. Ihnen wird schlecht, und sie bekommen grässliche Kopfschmerzen.

»Das hängt von der Wut-Schwere ab«, antwortete Äsch und fügte an, dass es kein Entkommen gab. »Wahrscheinlicher jedoch ist es, dass der Wirt – in dem Fall also du, Vincent – den Verstand verliert und nach und nach mit seiner Negativ-Kopie verschmilzt. Und genau da müssen wir ansetzen. Denn sobald du zu hassen beginnst oder wütend wirst, ist dem Feind Tür und Tor geöffnet.«

»Das ist jetzt also mehr so ein Darth-Vader-ich-bin-dein-Vater-Ding?«, fragte Yashi.

»Den Herrn kenne ich leider nicht«, sagte Äsch. »Ist er ein moderner Philosoph?« Er gähnte ausgiebig und legte sich hin. »Ich dachte, ich hätte alle einflussreichen irdischen Philosophen durchgearbeitet.«

»Darth Vader ist nur eine Erfindung, Phantasie«, sagt Leonie. »Ein Film-Bösewicht mit Stimmenverzerrer.«

»Dann bin ich ja beruhigt.«

Äsch redete weiter und erklärte, dass Vincent schon beim kleinsten Anzeichen gegen seine negativen Gefühle und Gedanken ankämpfen müsse. »Ihr beide, du und der Zwilling, seid,

> Die Wut-Schwere, auch WS genannt, ist etwas, das jedes Wesen in sich trägt. Egal ob Tier oder Mensch. In normalem Maße oder Gewicht, um in der Wortwahl korrekt zu bleiben, ist sie ganz natürlich und dient vor allem dem Selbstschutz. Ist die Zahl (1–1000) jedoch zu hoch, so wird das Wesen unberechenbar in seinem Handeln und kann große Schäden bei sich und anderen anrichten.

wie bereits erwähnt, zeitweise auf der Ebene null miteinander verschränkt. So wie die Luft unsere Stimmen trägt, so tragen feinere Wellen unseren Geist und unsere Empfindungen und kämpfen um die Vorherrschaft.«

Leonie blickte Vincent mitfühlend an. »Jetzt, wo du weißt, wie gefährlich die Kopie ist, kannst du dich ja wehren. Wir werden dir dabei helfen. Wir werden nicht zulassen, dass du verrückt wirst.«

»Gibt es keine andere Möglichkeit, Vincent zu helfen?«, fragte Yashi.

»Hier gibt es die nicht«, sagte Äsch. Seine Stimme klang plötzlich mehrstimmig wie bei einem Chor aus gelangweilten Zeitkrümmern und überschlug sich am Ende jedes Wortes. »Die Lösung liegt in der inneren Welt. Nur dort kann dir geholfen werden. Und auch ich muss eure Welt schleunigst verlassen. Sonst …« Äsch zitterte am ganzen Körper, was das Glitzern um ihn herum verstärkte. Vincent fand eine kleine Decke in einem der Stahlschränke. Äsch wickelte sich darin ein, bis nur noch der Kopf herausguckte. Dann legte er sich wieder hin und sah aus, als würde er gleich einschlafen.

Zeitkrümmer amüsieren sich vor allem dann, wenn ein Antragsteller (meist ein Superbote) einen endgültigen Wohnort festlegen möchte und die Formulare 1–720 nicht ordnungsgemäß ausgefüllt hat, sondern glaubt, er könnte die Sache mit einem halben Kilo Big-Crunch-Chips beschleunigen.

»Ich werde Äsch begleiten«, sagte Vincent entschlossen und nahm seinen Freund in den Arm wie einen Säugling. Zu seiner Verwunderung war Äsch deutlich schwerer als erwartet. »Ihr müsst nicht mitkommen«, sagte er. »Das erwarte ich nicht.«

»Hast du nicht gehört, was Äsch vorhin gesagt hat?«, kam es verständnislos aus Leonies Mund. »Wenn wir eine Katastrophe verhindern wollen, müssen wir *alle* in die innere Welt und die Leute dort davon überzeugen, dass Kinder auch bei uns etwas ausrichten können.« Sie verschränkte trotzig die Arme vor der Brust und schloss das Programm.

Yashi blickte unentschlossen von einem zum anderen.

Leonie erhob sich. »Du hast die Wahl«, sagte sie, an Vincent gerichtet. »Entweder wir kommen alle mit, oder wir bleiben alle hier. Ohne mich kriegt ihr das Programm jedenfalls nicht wieder zum Laufen.«

»Okay«, lenkte Vincent ein. Er war froh, dass Leonie mitkommen wollte, auch wenn er das nicht zeigte. »Aber du kannst Yashi nicht zwingen mitzukommen.«

»Nein, das kann ich nicht.« Sie machte eine Pause und streckte den Rücken durch, was sie kaum größer erscheinen ließ. »Aber ich kann an seine Vernunft appellieren.«

»Appellieren …«, schnaubte Yashi. »Du kapierst einfach nicht, was für mich und meine Familie auf dem Spiel steht. Wir können uns nicht irgendwo ein neues Haus kaufen, wo wir es schön finden. Wir müssen dorthin, wo uns eine neue Arbeit zugewiesen wird, falls es die gibt. Und das kann irgendwo sein. Auch am Ende der Welt.«

»Wir müssen jetzt zusammenhalten«, sagte Leonie, machte einen Schritt auf Yashi zu und nahm seine Hand. Die andere legte sie auf Vincents Unterarm. »Wir sind Freunde. Meine Mutter hat immer gesagt, dass man echte Freunde daran erkennt, dass sie auch dann zusammenhalten, wenn's Probleme gibt. Alle für einen.«

»Nein«, sagte Yashi. »In diesem Fall muss es anders heißen: Alle für zwei. Für Vincent und für Äsch. Und außerdem für die ganze Welt.«

Äsch bekam den Mund nicht mehr zu. Um ihn herum funkelte es plötzlich sehr stark. Er wischte sich glitzernde Tränen aus den Augen. »Das …«, kam es leise, aber klar aus seinem Mund. »… ist wirklich schön. Danke.«

»Wir müssen uns beeilen«, sagte Leonie, setzte sich wieder an den Computer und bereitete alles für den Transport mit dem Beamer vor. Plötzlich kam von draußen das schrille Pfeifen der Rauchmelder.

»Was ist das?«

Leonie blickte Vincent entgeistert an. Dann wechselte sie die Bildansicht. »Ein Feuer! Die Bibliothek brennt!« Sie sprang auf. »Die Sprinkleranlage geht nicht. Wir müssen nach oben, die Bücher retten!« Gibt es hier unten Feuerlöscher?

»Ich glaub, ich hab am Eingang welche gesehen«, sagte Yashi. »Aber …« Er hielt sie an der Schulter zurück. Ein anderer Monitor begann zu blinken und zeigte die Nachricht:

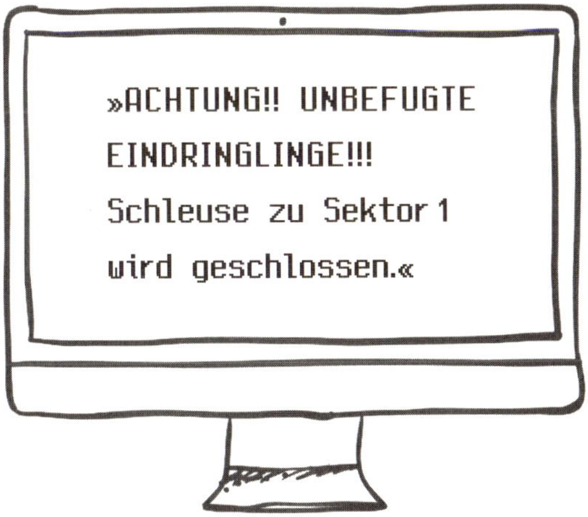

Sirenen gingen los. Das Heulen war ohrenbetäubend.

Vincent übergab Yashi rasch das Deckenbündel, in dem der eingewickelte Äsch steckte, dann setzte er sich an den Computer und startete das Programm für den Teleporter. Er hatte Leonie vorhin über die Schulter geschaut – sein misstrauischer Zwilling hatte das so gewollt. Auf den Monitoren erschienen Bilder der Sicherheitskräfte von Eden Park, die soeben eine Tür weggesprengt hatten.

Leonie begann zu schluchzen. »Das dürfen sie nicht tun. Sie dürfen die Bücher nicht verbrennen, nur um hier reinzukommen. Das ist nicht fair!«

Äsch diktierte Vincent heiser die Koordinaten seiner Zwischenwelt. Breiten- und Längengrade und noch zwei weitere Zahlen, die vom Programm als korrekt eingestuft wurden.

»Was bedeutete diese Koordinate?«, fragte Vincent. Er zeigte auf eine Zahl, die sich ständig änderte.

»Das ist ein Wahrscheinlichkeitspunkt«, antwortete Äsch knapp. »Dort hält sich meine Welt, die Zwischenwelt, momentan ziemlich sicher auf.«

»Ziemlich sicher?«

»Na ja, Garantien gibt es keine. Weder hier noch dort.«

»Okay«, sagte Vincent und startete das Programm.

»Du musst auch den Tracker aktivieren.« Leonie wischte sich die Tränen aus dem Gesicht. »Und einen Zeitpunkt bestimmen, wann uns der Transportstrahl wieder zurückholen soll.« Sie drängte sich an Vincent vorbei. »Lass mich das lieber machen. Ich will wieder zurückkommen. Ich will der Sittgenstein sagen, was sie für eine hundsgemeine Frau ist!« Sie griff sich die Tastatur und tippte sich eilig durch das Menü. »So. Jetzt kann's losgehen.«

Ein Countdown wurde eingeblendet. Zwei Minuten. Auf dem Monitor, der die Bilder der Überwachungskameras zeigte, sah man, wie die Sicherheitskräfte Sprengstoff an einer der Schleusen befestigten. Zu ihrer Erleichterung konnte die Explosion nichts ausrichten.

»Das ist gut, sehr gut«, murmelte Yashi, während er zusah, wie Leonie und Vincent mit dem Deckenbündel, das er Yashi abgenommen hatte, die Empore betraten. Ein Ruck durchfuhr ihn, er seufzte tief, dann folgte er ihnen. Sie stellten sich alle unter die Beamer-Vorrichtung. Auf dem Boden erschien ein Gitternetz. Jeder von ihnen suchte sich ein Quadrat. Eine weibliche Maschinenstimme meldete sich:

»Bitte stehen Sie still, um Unschärfen und den Abbruch des

Transportvorgangs zu vermeiden. Zehn, neun, acht, sieben, sechs …«

Gleißende Lichtstrahlen scannten sie von allen Seiten ab. Leonie, Yashi und Vincent standen mit den Gesichtern zueinander, und alle hatten sie den denselben Ausdruck in den Augen: Angst.

ZWEITER TEIL

ACHTES KAPITEL

Zwischen den Welten

»Echt krass«, sagte Leonie zu Vincent und rieb sich fröstelnd die Arme. »Äsch hätte uns ruhig sagen können, dass wir in seiner Welt Winterklamotten brauchen und eine Sonnenbrille.« Sie beschirmte ihre Augen gegen den grellen Lichtschein, der von oben kam, und blickte sich suchend um. »Wo ist er überhaupt?«

Vincent antwortete nicht. Dummerweise hatte er eben direkt in die Lichtquelle geschaut. Jetzt tanzten vor seinen Augen blinkende, ausgefranste Flecken. In seinen Ohren piepste es. Es dauerte einige Sekunden, bis beides verschwunden war und er erkennen konnte, wo sie sich befanden. In einem kargen, langgezogenen Raum mit glatten grauen Wänden, die ihre Stimmen mit Nachhall zurückwarfen. Vielleicht war es auch ein Tunnel oder Stollen, die Enden waren nicht zu sehen. Unter ihren Füßen raschelte es bei jedem Schritt, als würde man über trockenes Herbstlaub gehen. Der Boden war übersät mit Krümelresten. Es roch intensiv nach der Sorte Erdnussflips, die Äsch immer bei sich trug.

»Hat es sich bei euch auch angefühlt, als würden die Lichtstrahlen einfach durch euren Körper gehen? Und dieses Kribbeln. Echt unangenehm.« Yashi klopfte sich die Beine ab, als seien sie eingeschlafen. Er streckte sich. »Beamen ist echt abgefahren.«

Leonie blickte sich suchend um. »Wo ist Äsch abgeblieben?«

»Ich hab ihn aus den Augen verloren«, sagte Vincent.

»Aber du hast ihn doch direkt neben dich gelegt. Hoffentlich ist ihm nichts passiert.«

Vincent wollte gerade davonmarschieren, um nach seinem Freund zu suchen, da ertönte über ihnen eine dünne Stimme: »Ich bin hier«, kam es krächzend von der Decke. »Hier oben.«

Der Bote hing mit allen vieren an der Decke wie ein übergewichtiger Gecko. Er war mindestens fünfmal so groß wie vorhin, was in etwa der Größe einer intergalaktischen Wanderratte entsprach. Nur die Flügel hatten ihre Größe nicht verändert und ließen ihn wie eine dicke Elfe mit Vollbart aussehen. Er atmete tief durch. Seine Haut leuchtete von innen heraus. Für einen kurzen Moment konnte man nur seine Umrisse erkennen.

»Wäre einer von euch eventuell so nett, mich aufzufangen?«, fragte Äsch. »Ich würde mich dann jetzt spontan fallen lassen.«

»Klar«, sagte Vincent und stellte sich unter ihn. »Okay.«

»In diesem Fall würde ich lieber zu Yashi tendieren. Ich denke, er hat mehr Übung darin, schwere Sachen zu tragen.«

Die intergalaktische Wanderratte gehört zur Spezies der Massetäuscher. Durch einen Trick gelingt es ihr, den Körperumfang um den Faktor 8 zu verringern und damit deutlich leichter zu erscheinen, als es in Wirklichkeit der Fall ist. Bis heute streiten sich die Fachleute darüber, was sich die Natur dabei gedacht hat. Denn bei der Partnerwahl fällt weder die Masse noch der Umfang der Wanderratte ins Gewicht.

Yashi lachte. »Schwere Sachen …« Er nahm Vincents Position ein und hielt die Arme ausgestreckt über sich. »Du kannst.«

»Ich zähle auf drei«, sagte Äsch, zuckte einmal mit den Flügeln und erstarrte dann, weil aus der Dunkelheit ein Klicken zu hören war, das sich ihnen näherte. Vincent und Leonie tauschten Blicke.

»Drei, zwei, eins«, sagte Äsch und ließ sich fallen. Für einen Augenblick sah es so aus, als könnte Yashi ihn tatsächlich halten, dann folgte jedoch ein Stöhnen, Yashis Arme knickten ein wie Streichhölzer, Äsch sackte ihm auf den Kopf. In dieser merkwürdigen und zugegebenermaßen ziemlich lustigen Haltung blieb Yashi ein, zwei Sekunden taumelnd stehen, bevor ihm endgültig die Kraft ausging und er nach hinten kippte. Vincent versuchte, ihn noch zu halten, aber er wurde selbst zu Boden gerissen.

»Mit der Nummer könntet ihr im Zirkus auftreten«, lachte Leonie und verstummte sofort wieder. Das Klicken war zu einem energischen Klacken geworden, das sich ihnen aus der Dunkelheit näherte. Zwei Männer, der eine relativ groß und mit dicklichem Gesicht, der andere deutlich kleiner, mit spitzem Kinn und hervorstehenden Augen, schälten sich aus Dunkelheit, blieben ein paar Meter vor ihnen stehen und musterten sie mit mürrischem Blick und ohne ein Wort zu sagen.

»Das müssen sie sein«, brach der Kleinere von beiden das Schweigen. Er redete, als seien sie gar nicht da. Aus seiner viel zu großen Umhängetasche zog er ein dickes Buch. Äsch stand da wie erstarrt. Leonie räusperte sich und trat einen

Schritt nach vorne. »Wir haben einen –«, setzte sie an, und der Größere brachte sie mit einem Geräusch, das an einen bellenden Hund erinnerte, zum Schweigen.

»Sie hat keiner gefragt«, übersetzte der Kleinere und schnippte mit dem Finger gegen die Spitze seines Kinns, was das klackende Geräusch erzeugte.

»Okay«, sagte Leonie eingeschüchtert und reihte sich wieder zwischen Vincent und Yashi ein.

»Da gibt es mehrere Verweise«, machte der Größere weiter. »Ist ziemlich kompliziert. Mindestens acht Ebenen. Mindestens.« Resigniert zog er einen grauen Beutel aus der Tasche, stopfte sich eine Handvoll Erdnussflips in den Mund und redete schmatzend weiter: »Vielleicht sollten wir sie einfach wieder an den Absender zurückschicken. Das würde uns jede Menge Lauferei ersparen.«

Der Kleinere nickte und zog einen Gegenstand aus seiner Manteltasche, der wie eine schmale Taschenlampe aussah.

Jetzt trat Äsch vor. »Welche Regeln treten in diesem Fall in Kraft?«, fragte er. Zwar klang seine Stimme wieder voluminöser, aber seine Haut schimmerte immer noch, und sein kleiner

Das sogenannte *Respekt-Bellen* ist Teil einer sehr komplizierten Sprache, die nur noch in der hintersten Galaxie, und dort auf einem Planeten mit dem unaussprechlichen Namen Geuze-Meuze-Beta-Phra, gesprochen wird. Es lohnt sich also nicht, näher auf diesen vom Bellonischen abgeleiteten Dialekt einzugehen.

Brustkorb hob und senkte sich, als würde er nur schwer Luft bekommen.

»Ein Superbote«, seufzte der Größere. »Hat sich wohl mal wieder überschätzt. Das tun die ja immer. Dass wir so was überhaupt noch ausbilden. Ich versteh das nicht. Bringen doch immer nur schlechte Nachrichten. Für uns, für die, für alle.«

»Sind wir verhaftet?«, fragte Vincent.

Die beiden Männer tauschten Blicke. »Das können wir so auf die Schnelle nicht sagen. Wobei wir eigentlich nur dann jemanden verhaften, wenn es dafür einen triftigen Grund gibt. Eine Bedrohung oder Ähnliches. Verhaftungen sind ja auch ziemlich langweilig.«

»Ich bin Äsch Flux Underwood!«, sagte Äsch mit fester Stimme. »Könnten Sie das jetzt bitte überprüfen? Ich hatte einen Arbeitsunfall der Klasse F.«

»Der Klasse F?«, wiederholte der Größere skeptisch. »Aha.«

»Ja, ja, schon gut. Immer diese Eile, wo keine sein muss.« Der Größere blätterte auf die nächste Seite seines Notizbuchs, die aussah, als hätte ein kleines Kind darin herumgekritzelt.

Arbeitsunfälle der Klasse F sind eigentlich vermeidbar, was auch Superboten wissen. Manchmal kann man sie rückgängig machen, wenn man die Zeit faltet, was bedeutet, dass man einen entsprechenden Gehaltsabzug bekommt und die Pensionsansprüche sinken, weshalb Boten meist irgendeine unwahrscheinliche Ausrede benutzen, um sich diese Tortur zu ersparen.

»Da haben wir's, Äsch Flux Underwood.« Er schaute kurz zu seinem Begleiter. »Und die anderen hat er einfach so mitgebracht. Einfach so. Ohne einen offiziellen Kanal zu benutzen. Ohne einen Antrag zu stellen. Das ist allerhand. Selbst für einen Superboten.« Erbost gab er das aufgeschlagene Buch an seinen Kollegen weiter. »Und Spuren haben sie auch hinterlassen, jede Menge Spuren.«

»Also«, sagte Äsch mit angestrengter Stimme. »Ich bitte Sie, Herr Oberkorrektor.« Er machte eine kleine Verbeugung und sprach den Kleineren direkt an. »Ich hatte einen Auftrag der Sonderklasse zu erfüllen, eine Weltenrettung. Planet der Kategorie C, mindere Intelligenz, rückschrittlich, aber die richtige Gravitationsstärke. Dabei habe ich von Paragraph 7 Gebrauch gemacht und mich beim Quantensprung in einem rechtsdrehenden Wechselstrudel verletzt.« Äsch wackelte mit den Flügeln und zuckte mehrmals mit den schmalen Schultern. »Beim Gestaltwandeln.«

»Er braucht einen Arzt oder so«, sagte Vincent. »Sie müssen ihm helfen. Es geht ihm nicht gut. Bitte.«

Die beiden Männer tauschten erneut Blicke. Sie schienen sich über Vincents Vorstoß zu amüsieren. »Einen Arzt«, sagten sie im Chor und kicherten wie kleine Kinder. »Menschenkinder. Sehr speziell, wirklich sehr speziell.«

Der Kleinere blätterte auf die nächste Seite. Sein Blick ging zu Äsch. »Wenn ich das richtig lese, sind Sie ein ehemaliger Superbote mit der Botennummer 743167/2.«

»Ehemalig?«, sagte Äsch. »Wieso das denn?«

»Sie haben sich mehrerer Vergehen schuldig gemacht. Beginnen wir zuerst mit den grundlegenden Verfehlungen.« Er stieß seinen Kollegen an, der ausgiebig gähnte, und reichte ihm das aufgeschlagene Notizbuch.

»Ähm, ach so, ja«, setzte dieser gelangweilt an. »Da wäre zuerst Paragraph 2, Absatz 4: Wesen aus anderen Welten, die nicht zu einer der unter Paragraph 7 aufgeführten Personengruppen gehören, weder berühmt noch talentiert oder verzweifelt sind und das auf glaubwürdige Weise darlegen können, dürfen auf keinen Fall nach Betwedew eingeführt werden. Das betrifft insbesondere Vertreter der Spezies Mensch jeglichen Alters. Tierische Erdbewohner, die um Leib und Leben fürchten müssen, bilden eine Ausnahme. Müssen aber auch so schnell wie möglich weiterreisen.«

Der Kleinere nickte ihm zu. »Fahren Sie fort.«

Äsch sackte regelrecht in sich zusammen.

»Entschuldigung«, ging Leonie dazwischen. »Dieser Junge, Vincent Parker, ist aber berühmt. Er ist ein Held, und Yashi …« Sie stellte sich neben ihn. »Dieser Junge kann mit Tieren sprechen. Gewissermaßen.«

»Aha«, sagte der Größere, sichtlich verwirrt. »Und was ist mit dir? Was kannst du?«

»Ich …«

»Sie«, übernahm Vincent. »Sie ist so intelligent, dass sich die Erwachsenen in unserer Welt vor ihr fürchten.«

»Und sie kennt sich mit Mathe und Physik aus«, ergänzte Yashi. »Hat überall die besten Noten.«

Die beiden Männer befahlen ihnen zu schweigen. Sie traten zur Seite und berieten sich. Nach ein paar Minuten sagten sie im Chor. »Ihr müsst mitkommen. Das muss von höherer Stelle entschieden werden, was mit euch passiert. Ist doch ein sehr unwahrscheinlicher Fall. Wahrscheinlich der unwahrscheinlichste, der eintreten kann. Vielleicht muss eine Zeitkrümmerin das wieder rückgängig machen.«

NEUNTES KAPITEL

Das Portal

Vincent musste Äsch tragen. Der Bote war zu schwach, um selber zu gehen. Seltsamerweise änderte sich sein Gewicht alle paar Sekunden. Von unglaublich schwer zu extrem leicht. So leicht, dass Vincent das Gefühl hatte, Äsch würde davonfliegen, wenn er ihn nicht festhielt. Er hatte aufgehört zu glitzern und sprach auch wieder mit festerer Stimme, aber seine Augen sahen leer aus, als würde er bald nicht mehr da sein.

Sie folgten den beiden Männern, die sich dicke Zigarren angesteckt hatten, die zwar wie verrückt qualmten, aber nach nichts rochen. Ein langer, steil ansteigender Korridor führte ins Freie. Der Himmel über ihnen zeigte sich in hellen Schattierungen von Grau. Keine Wolken. Kein Grün. Keine Pflanzen. Keine Vögel, nirgendwo eine Sonne und überall Hochhäuser mit winzigen Fenstern. Es war kaum jemand unterwegs. Am merkwürdigsten war der fehlende Geruch: Es roch nach gar nichts.

»Sieht fast aus wie bei Minecraft, nur nicht ganz so würfelig«, sagte Yashi. »Wie ein superrealistisches Computerspiel.«

Leonie nickte. »Ich frage mich nur, welches Level das hier ist.« Sie blickte zu Äsch, doch der Bote reagierte nicht. Er schien Mühe zu haben, die Augen offen zu halten.

Sie gingen durch ein Portal aus riesigen grauen Steinquadern, kamen vorbei an einem Schild, auf dem *Gestaltwandeln verboten!*

aufblitzte, als Yashi nach der Bedeutung der seltsamen Symbole (in diesem Fall eine Art durchgestrichener Tintenfisch) fragte. Schließlich erreichten sie eine gläserne Lobby mit mindestens zwanzig Rolltreppen. Am Fuß der Rolltreppen angekommen, blieben die Wachleute stehen und wiesen sie an, alleine weiterzugehen.

»Das Zimmer mit der Nummer N87_4.3.7/6 sucht ihr am besten in den Stockwerken 9 bis 13. Da müsste es aller Wahrscheinlichkeit nach sein. Da war es zumindest gestern noch.«

»Sie sind sich nicht sicher?«, hakte Leonie nach.

»Sicher ist auch nur wahrscheinlich«, antwortete der Größere und dirigierte sie durch das Drehkreuz.

»Der Bote wird euch helfen«, sagte der Kleinere. »Er hat euch ja auch hierhergeführt.«

Ohne sich zu verabschieden, marschierten die beiden Wächter davon. Sie schienen nicht zu befürchten, dass Vincent, Leonie und Yashi zusammen mit Äsch einfach abhauten.

»Vier, drei, sieben, Strich, sechs«, kam es von Äsch. »Elfter Stock.«

»Ich glaube, Äsch halluziniert«, sagte Vincent.

»Tu ich nicht. Das sind die momentanen Zimmer-Koordinaten«, widersprach ihm Äsch. »Rolltreppen, Förderband, Flur, Ebene, Tür.« Er holte tief Luft. »Einfach den Nummern folgen.«

»Den Nummern?«, fragte Yashi und blickte sich suchend um.

»Hier.« Leonie zeigte nach unten. Auf den silbernen Stufen der Rolltreppe tauchte alle paar Sekunden die Nummer 4 auf. »Wenn es okay ist, übernehme ich ab hier die Führung.« Leonie zwängte sich an ihnen vorbei. Die Rolltreppe führte auf eine Plattform, dann auf die nächste und die übernächste und so weiter. Bis sie das neunte Stockwerk erreicht hatten. Dort erstreckten sich mehrere endlos wirkende Flure strahlenförmig in alle Richtungen. Eine Tür neben der anderen. Niemand war unterwegs. Die kahlen, dunkelgrauen Wände schluckten ihre Stimmen und die Geräusche ihrer Schritte. Als sie um eine Ecke bogen, blieben sie erschrocken stehen, weil ihnen die Wände vergangene Gesprächsfetzen entgegenschleuderten, wie bei einem sehr langen Echo. Yashi musste als Einziger lachen.

»Klingt meine Stimme wirklich so hoch?«, fragte Leonie.

»Das ist doch egal«, sagte Vincent. »Wir müssen weiter.«

»Heißt das ja?«

»Es heißt, dass wir uns jetzt um Äsch kümmern müssen!«

»Sind wir heute wieder besonders gutgelaunt.« Leonie stapfte davon. Sie kamen an eine Tür ohne Türgriff mit einem Schild und der Aufschrift *Bitte eintreten.*

»Das ist wörtlich zu nehmen«, meldete sich Äsch zurück.

»Kein Tunneln?«, vergewisserte sich Vincent.

»Nur eintreten. Einer nach dem anderen. Erst Hacke, dann Spitze, dann Bauch und Kopf.«

Eintrittstüren sind aus einem speziellen Material, das auf den Hacke-Spitze-Eintrittstanz reagiert und dann durchlässig wird. Aber nur für ein paar Sekunden. Und wer mit dem Kopf zuerst durchgeht, bleibt stecken und muss herausgeschnitten werden. Also Vorsicht!

»Im Ernst?«, fragte Yashi.

»Ja«, sagte Äsch. »Im Ernst.«

»Und anklopfen?«, fragte Leonie.

»Auf keinen Fall!«, sagte Äsch. »Niemals irgendwo anklopfen. Die Schwingungen wären zu stark.« Er seufzte. »Übt erst mal ohne Tür. Damit nichts schiefgeht. Das wäre unschön.«

Jeder von ihnen musste dem Boten zeigen, wie er durch die Tür *treten* würde. Vor allem bei Leonie hatte Äsch einiges auszusetzen. »Erst Hacke, dann Spitze, sonst stößt dich die Tür wieder zurück.« Er verzog das Gesicht. »Noch einmal, bitte. Und nicht so hektisch.«

Nachdem sie alle die seltsame Choreographie gelernt hatten, traten sie, einer nach dem anderen, durch die Tür, was leichter ging als gedacht. Es fühlte sich an, als würde man sein Bein aus lauwarmem Pudding herausziehen.

Hinter der Tür lag ein karger Raum mit drei kleinen Fenstern, erfüllt von einem grauen Flirren. Ihre Gesichter sahen hier drin gespenstisch blass aus.

Hinter einem glänzenden Schreibtisch, der einfach nur so in der Luft schwebte, saß eine Frau mit gelben Haaren und Dreitagebart, hängenden Wangen und einer Brille, die ihre kleinen Augen wie Stecknadeln aussehen ließen. Ihr Unterkörper steckte in einem ausladenden grauen Rock mit Rüschen.

»Sehr verehrte Frau Zeitkrümmerin«, sagte Äsch und räusperte sich. Sein linkes Auge blinzelte heftig. »Wir möchten Sie in aller Freundlichkeit ersuchen, einen neuen unwahrscheinlichen Fall zu eröffnen.«

»Schon passiert. Schon passiert. Sie haben Menschen hergebracht. Auch wenn es offensichtlich harmlose Exemplare sind, läuten da ja sämtliche Alarmglocken. Hoffnungen kann ich Ihnen und ihren Begleitern aber keine machen. Denn das ist nicht meine Aufgabe. Dafür sind andere zuständig. Das kann und werde ich nicht tun.«

»Selbstverständlich«, sagte Äsch. »Selbstverständlich.« Vincent hatte den Eindruck, dass er seine letzten Kraftreserven mobilisierte, um in Gegenwart der Frau stärker zu erscheinen, als er war. Er redete, bis er von einem plötzlichen Schluckauf unterbrochen wurde. Bei jedem Hickser verzerrte sich sein Gesicht zu einer Fratze.

»Das war also Ihr achter …«, die Frau seufzte tief, »… ihr achter vergeblicher Versuch, einen bewohnten Planeten vor dem Untergang beziehungsweise der Zerstörung zu bewahren. Und Sie hatten Kontakt zu diesem Jungen, Vincent Parker, der hier anwesend ist, haben ein Paket mit einem Drucker überbracht und so weiter und sofort.«

»Korrekt«, sagte Äsch. »Dieser Junge ist mit beiden Welten verbunden. Das wiederum hab ich noch nie erlebt. Das ist ein Wunder.« Er lächelte. »Diese Kinder sind alle ein Wunder.«

»Ach wirklich«, sagte die Frau und stellte den breiten Mund schief. »Ist das nicht lediglich die Ausrede eines jeden Superboten, um einen Alleingang und das Überschreiten seiner Befugnisse zu rechtfertigen? Dass der von Ihnen Auserwählte, der Kandidat, etwas kann, was kein anderer kann?« Sie blickte über die Halbmonde ihrer Brille. »Die anderen beiden sehen für mich eher wie gewöhnliche Erdenkinder aus. Und dieser Junge – na ja. Ein bisschen schwächlich in der Statur für ein *Wunderkind*.«

»Es ist wahr«, sagte Vincent und trat vor. »Ich bin anders. Und daran ist mein Onkel schuld, er –«

»Papperlapapp!« Die Frau ließ ihren dicken Arm lautstark auf die Tischplatte knallen. »Ich muss Ihnen, Herr Flux Underwood, trotzdem mitteilen, das aufgrund Ihrer vielen Verstöße sowohl Ihre Krankenversicherung erloschen ist als auch Ihr Rentenanspruch. Sie werden zum einfachen Verwaltungsboten degradiert und müssen auf bisherige Privilegien verzichten.« Die Frau ratterte einen Paragraphen nach dem anderen herunter und schien gar nicht mehr aufhören zu wollen.

Äsch nahm es gelassen hin. Vincent jedoch hielt es nicht mehr länger auf seinem Platz. Er stellte sich direkt vor den Schreibtisch. »Sehen Sie denn nicht, dass er krank ist!«

»Krank?« Die Brauen der Frau zuckten zusammen, dann ließ sie sich mitsamt dem Schreibtisch einen halben Meter nach oben fahren, so dass sich Vincent nun mit dem Kinn auf Höhe der Tischplatte befand. »Deshalb, mein Junge, darf er ja auch als einfacher Verwaltungsbote arbeiten, das wird er bis zum endgültigen Energietransfer wohl hinbekommen.«

»Sie meinen bis zu seinem Tod?!«, entfuhr es Vincent. »Sie wollen, dass er stirbt?«

»Bis zum Neutronenkollaps. Ihr Menschen und eure dramatischen Ansichten vom Leben. Das ist wirklich amüsant.«

»Aber wir sind Freunde«, sagte Leonie. »Und wir wollen nicht, dass Äsch nicht mehr das ist, weil er … kollabiert oder so.«

Die Frau lächelte amüsiert. »Dieses Verhalten nennt man dann wohl kindisch, nicht wahr? Das ist beeindruckend. Leider sind Partikelsalben und Klangtherapien in diesem Fall nicht vorgesehen: zu kostbar, zu teuer. Gar nicht zu sprechen von einer Mehrfachkrümmung der Zeit, die in dem Fall nötig wäre, um seinen Zerfall zu stoppen.«

»Und was ist mit uns?«, fragte Vincent. »Wir haben nicht vor, für immer hierzubleiben.«

»Das hättet ihr euch vielleicht früher überlegen sollen. Unsere Transportkanäle sind jedenfalls wegen der Wellenstürme geschlossen. Für einen Transfer in die innere Welt braucht ihr die Zustimmung von mindestens acht Superboten und zwei Ministern, dem Rat der inneren Welt und und und. Das zusammen würde mehr Zeit in Anspruch nehmen, als ihr drei Menschenkinder noch zu leben habt.«

Vincent zog sein kleines Skizzenbuch aus der Jackentasche. Er schlug die Seite mit der angekokelten Ecke auf. Nach dem letzten Erdbeben in Hochtal hatte sie so ausgesehen und nach Äschs Erdnussflips gerochen. Der Bote hatte ihn damals zum ersten Mal besucht, weil er wissen wollte, wie stark Vincents Kontakt in die innere Welt war.

Vincent blätterte bis zu einer Seite, auf der das Dorf mit den kleinen Häuschen und Kieswegen zu sehen war. Das Dorf aus seinen Träumen. Mittlerweile war der Horizont komplett verschwunden. Ausgelöscht. Auch der grüne Hügel im Hintergrund war nicht mehr da.

»Was ist das?«, fragte die Frau interessiert. Ihre hohe Stirn warf ein Meer aus unzähligen Falten. Ein leises Knistern war zu hören.

»Das ist der Beweis, dass ich sehen kann, was in Ihrer Welt, also der inneren Welt, passiert. Deshalb hat mich Äsch auserwählt, um sie zu retten.«

»Und warum zeigst du mir das? Soll mich das in irgendeiner Weise beeindrucken?«

»Weil … weil …«

»Weil dieses Buch magisch ist«, kam ihm Leonie zur Hilfe. »Es ist so magisch, dass alles, was dieser Junge hineinzeichnet, wahr wird. So wie Sie die Zeit krümmen können, kann er mit Stift und Papier die Wirklichkeit verändern.« Sie fuchtelte mit ihren Armen in der Luft herum. »Vincent hat also das Zeug zum universellen Superhelden. Sein Talent ist einzigartig.«

»Ja«, sagte Yashi. »Er kann die Welt, ich meine, *die Welten* verändern.«

Die Frau ließ den Schreibtisch und sich selbst wieder herunter. »Magie?«, sagte sie skeptisch. »Magie? Hier bei uns in Betwedew? Interessant. Sehr interessant.« Sie blickte kurz zu Äsch, der verlegen die Schultern zuckte. »Dazu müsste es sich bei diesem Büchlein um eine Originalausgabe handeln. Ein Einzelexemplar. Nichts vom Fließband.«

»Es ist eine Originalausgabe, ein Unikat«, sagte Leonie mit ernster Miene. Sie reichte Vincent einen Stift. »Bitte skizziere diesen Raum. Aber ohne die Tür. Ohne den Ausgang.«

»Was?«, sagte Vincent. »Ich soll …«

»Mach schon«, sagte Yashi.

Vincent verzog das Gesicht und suchte extrem langsam nach einer leeren Seite, um Zeit zu schinden. Der Stift in seiner Hand zitterte leicht.

Die Frau zog misstrauisch die Brauen zusammen.

»Nun mach schon«, sagte Leonie. »Wir müssen Äsch retten. Das ist eine Ausnahme. Wir wissen alle, dass du deine Gabe niemals gegen die Menschen, ich meine, Wesen und Tiere und so, einsetzen würdest.«

Vincent hatte nicht den leisesten Schimmer, was Leonie im Schilde führte. Aber die Zeitkrümmerin wirkte sichtlich beeindruckt.

Yashi bot ihm seinen Rücken als Unterlage an, und Vincent begann, den Raum zu zeichnen.

Leonie stellte sich breitbeinig vor den Schreibtisch. »Sie haben es in der Hand, ob dieser Raum zu Ihrem Gefängnis wird oder Sie ihn nach getaner Arbeit wieder verlassen können«, sagte sie kühl. »Es ist alleine Ihre Entscheidung, ob Sie heute Abend wieder bei Ihrer Familie sein werden. Sie müssen uns nur eine Überweisung für einen Ihrer Fachleute geben, damit Äsch wieder gesund wird. Bevor dieser Junge die magische Zeichnung beendet, sie mit einem Fluch belegt und Sie hier bis in alle Ewigkeit gefangen sein werden.«

Die Frau kratzte sich nachdenklich die drahtigen Barthaare. Dann begannen ihre Augäpfel anzuschwellen, als seien es mit Wasser gefüllte Luftballons, und ihre kleinen Ohren fingen an zu zittern.

In Gedanken fluchte Vincent über Leonie. Ihr Erpressungsversuch würde sie alle in Gefahr bringen, da war er sich sicher. Er konnte nur hoffen, dass das seltsame Mienenspiel der Frau bedeutete, dass sie Angst hatte und nicht der Vorbote eines schlimmen Wutanfalls war.

Zögerlich schraffierte er eine Seitenfläche. Dann machte er sich an den Schreibtisch, als die Frau losprustete und in ein so schepperndes, schallendes, krachendes, jauchzendes Gelächter ausbrach, dass man sich die Ohren zuhalten musste. Die Druckwellen ihrer Lachsalven waren so stark, dass Vincent das Skizzenbuch aus der Hand gerissen wurde. Aber die Frau wollte sich gar nicht mehr einkriegen. Plötzlich schoss sie mit dem Schreibtisch gegen die Decke, wieder auf den Boden und zurück wie ein Flummi. Leonie beugte sich schützend über Äsch. Yashi und Vincent kauerten sich in eine Ecke des Zimmers, bis der Spuk vorbei war und die Frau mit einem abscheulichen Rülpser wieder in ihre Ausgangposition hinter dem Schreibtisch zurückkehrte.

»Herrlich«, sagte sie und wischte sich dicke Tränen von den Wangen. Tränen, die so zäh und metallisch glänzend aussahen wie Quecksilbertropfen. Dann zog sie eine Schublade auf, holte einen Stapel Papiere und einen handtellergroßen Stempel heraus, mit dem sie wie wild auf die Seiten einhämmerte.

»Da sind Passierscheine, Gutscheine und Überweisungen für die innere Welt. Die braucht man eigentlich nicht mehr, weil keiner mit so was Unwahrscheinlichem wie euch rechnet und deshalb auch keiner danach fragen wird. Aber der Ordnung halber gebe ich sie euch trotzdem mit. Könnt ihr am Ausgang entsorgen.« Die Frau reichte Yashi den Stapel über den Tisch. »Wichtiger ist der Strecken-Code. Also gut zuhören, ihr lustigen, kreativen Menschlein. Wie es die Vorschrift will, darf ich den Code kein zweites Mal wiederholen.« Sie rollte mit den großen Augen, bis nur noch das Weiß zu sehen war, und schleuderte ihnen einen mehrstelligen Zahlencode entgegen. Leonie signalisierte mit einem Nicken, dass sie sich den Code gemerkt hatte.

»Das war wirklich, wirklich phänomenal«, sagte die Frau zum Abschied. Sie bestand darauf, jeden von ihnen, außer Äsch, zu drücken. »Ihr Erden-Kinder habt wirklich einen ganz besonderen Sinn für Humor. Bis heute dachte ich, dass es sich bloß um ein Gerücht handelt, aber ihr habt mich überzeugt. Deshalb möchte ich eure bravouröse Vorstellung belohnen. Bringt den Boten ins Tal der melodiösen Sehnsucht, bevor es zu spät ist.«

ZEHNTES KAPITEL

Tot und am Leben

Auf dem Weg aus dem Gebäude, durch die Gänge und über die Rolltreppen redeten sie nur das Nötigste. Sie mussten sich beeilen, wollten sie dieses Tal mit dem sonderbaren Namen erreichen, bevor es für Äsch zu spät war und er *umgewandelt* wurde. So hatte er es selbst bezeichnet. Umgewandelt. Aber kein Wesen konnte gleichzeitig tot sein und am Leben. Wenn ein Herz zu schlagen aufhörte, war das Leben vorbei. Für immer. Dann gab es nur noch Erinnerungen.

Vincent dachte an seinen Onkel. Cornelius fehlte ihm. Auch wenn er ihm all die Jahre verschwiegen hatte, dass seine Allergie durch einen Unfall im Labor entstanden war, bei dem Vincent etwas von der Beamer-Strahlung abbekommen hatte. All die Untersuchungen, die Aufenthalte in den Krankenhäusern, die Angst und die Schmerzen hätte ihm Cornelius ersparen können. Trotzdem konnte Vincent nicht wütend auf ihn sein. Er war eher enttäuscht, dass Cornelius ihm die Wahrheit so lange vorenthalten hatte. Auch Vincents Eltern hätte er von dem Unfall, der Entdeckung der inneren Welt und Tante Angelika, die er dorthin gebeamt hatte, um ihr Leben zu verlängern, erzählen müssen. Sie glaubten doch, seine Tante sei tot. Dachten, dass Cornelius deshalb alleine im Wald lebte, weil er Angelika so sehr vermisste. Dabei sah die Wahrheit so anders aus.

Vincent versuchte, seine beiden Freunde nicht merken zu lassen, was in seinem Kopf vor sich ging. Er wechselte sich wortlos mit Yashi beim Tragen von Äsch ab. Sie folgten dem Zahlen- und Buchstabencode, den ihnen die seltsame Frau, das Wesen oder was auch immer sie war, genannt hatte. Er erschien auf dem Boden, an Hauswänden und komischen Gebilden, die vielleicht Kunstwerke waren. Die Zahlen führten sie vorbei an einer endlosen Reihenhaussiedlung. Außer ihnen war niemand unterwegs. Das Geräusch ihrer Schritte wurde von den glatten grauen Hauswänden zurückgeschleudert. Wenn man beim Gehen auf den Boden schaute, hatte man den Eindruck, über ein Laufband zu gehen. Sogar die kleinen und großen Risse im Straßenbelag schienen sich zu wiederholen. Der Himmel über ihnen zeigte keine Wolke und keine Sonne. Aber irgendwo mussten das Licht und die Wärme ja herkommen.

»Sieht echt öde aus, die Stadt«, sagte Yashi. »Und wo sind die ganzen Leute, die hier leben? Und die Kinder? Glaubt ihr, es gibt hier Kinder?« Er sah Vincent an. Der zuckte mit den Schultern. »Vielleicht haben die hier keine Familien und so.«

»Und wie sollen sie ihre Art dann erhalten?«, fragte Leonie. »Alle Lebewesen kämpfen um den Erhalt ihrer Art.«

»Sind wahrscheinlich alle bei der Arbeit«, schnaubte Yashi. »Ich frage mich nur, was genau die arbeiten und für wen? Vielleicht sollten wir mal irgendwo klingeln.«

»Nein«, sagte Vincent. »Dafür haben wir keine Zeit.«

Kapierte denn keiner von den beiden, dass Äsch bald sterben würde? Dachten die immer noch, er sei sowieso nur ein Geist?

Er spürte, wie diese Unruhe, diese Wut wieder zurückkehrte. Das musste der Doppelgänger sein, der versuchte, die Kontrolle über seine Gedanken zu übernehmen.

Leonie deutete nach vorne. Dort erschien die nächste Nummer. Sie spiegelte sich dreidimensional in der Luft. Als sie näher kamen, erkannten sie, dass die Straße am Rand eines riesigen Wasserbeckens endete. Das Becken war so breit, dass man weder rechts noch links sehen konnte, wo es aufhörte. Es wirkte wie ein künstlicher See. Ein leichter Wind kam auf und kühlte die schweißnasse Haut. Yashi kniete sich an den Beckenrand und steckte seinen Arm ins Wasser. »Die gute Nachricht: Es ist nicht besonders tief. Die schlechte: Es ist kein Wasser.«

»Sondern?«, fragte Leonie.

»Weiß nicht. Fühlt sich an wie Götterspeise. Ziemlich kühl und glibberig.«

»Wir müssen durchgehen«, sagte Vincent und deutete nach vorne. »Die nächste Zahl ist dahinten.«

Sie zogen ihre Schuhe und Socken aus.

»Oh mein Gott«, sagte Leonie, als sie den ersten Fuß in das Becken setzte. Ihr angeekeltes Gesicht spiegelte sich auf der zitternden Oberfläche. »Was ist das?« Sie zog den Fuß wieder zurück. »Gibt es keinen anderen Weg? Nachher ist das glibberige Zeug gefährlich. Das könnte doch sein.«

»Das dauert zu lange«, sagte Vincent und spürte bei jedem Wort diese fremde Kraft, die sich wie eine Schlingpflanze um seine Stimmbänder legte und ihn dazu zwingen wollte, deutlich harscher zu antworten, als es angebracht war. Es kostet ihn

Mühe, diese Kraft zu bändigen. *Wie sinnlos das doch alles ist*, meldete sich die innere Stimme. *Ihr werdet weder den Boten noch eure Welt retten. Ihr seid doch nur Kinder. Und übrigens ist dieser Bote bloß eine nutzlose Kreatur. Es lohnt sich nicht, sich so für ihn einzusetzen.*

»Ist auf jeden Fall kein richtiges Wasser«, sagte Yashi und ging ihnen voraus. »Ist zäh wie Pudding.« Er stapfte weiter. Leonie folgte ihm widerwillig. »Das ist so ekelhaft.«

Vincent wischte sich den Schweiß von der Stirn und schloss kurz die Augen. Eben war die Spiegelung seines Doppelgängers direkt vor ihm auf dem Wasser erschienen.

Doch er wollte nicht zulassen, dass die Stimme ihn beherrschte. Ohne es wirklich zu wollen, ohne es überhaupt gedacht zu haben, stürzte sich Vincent auf sein Spiegelbild und schlug wie von Sinnen darauf ein.

»LASS MICH ENDLICH IN RUHE!«, brüllte er, während seine Fäuste auf die zähe Masse niederprasselten und die Spiegelung seines Doppelgängers in tausend Stücke rissen.

»Hör damit auf!«, sagte Leonie. »Vincent!« Sie versuchte, ihn festzuhalten. Vincent befreite sich mit einer schnellen Drehung aus Leonies Umklammerung. Leonie wurde, begleitet von einem gellenden Schrei, meterweit durch die Luft geschleudert. Mit einem lauten Klatschen landete sie im Becken und war kurz ganz verschwunden. Nach Luft ringend, tauchte sie wieder auf. Die Götterspeise, oder was auch immer das war, klebte in ihren Haaren, an Gesicht und Kleidung. Vincent sah in ihren Augen, dass sie kurz davorstand zu weinen. Dieser Anblick traf ihn in seinem Innersten. Als hätte jemand einen Schalter in seinem Kopf umgelegt, verschwand die Wut, und Vincent hasste sich selbst, weil er Leonie weh getan hatte.

Er half ihr auf und entschuldigte sich. »Ich wollte das nicht«, sagte er. »Das tut mir leid. Ich weiß nicht, was mit mir los ist. Ich weiß nicht, wie das passieren konnte.«

Leonie blickte ihn an wie einen Fremden, vor dem man sich fürchten musste. »Es … es hat nicht weh getan«, brachte sie stammelnd hervor. »Alles okay. War das wieder der Zwilling? Hast du ihn gesehen? Versucht er, die Kontrolle über dich zu übernehmen?«

Vincent nickte.

Yashi blickte ihn misstrauisch an. »Bevor du das nächste Mal so ausrastest, wäre es cool, wenn du uns Bescheid gibst. Dann binden wir dich irgendwo fest. Und jetzt kümmere dich um deinen Freund.« Er gab ihm Äsch zurück.

»Wir werden dich davon befreien«, sagte Äsch mit sorgenvoller Miene. Sein kleines Gesicht war aschfahl. »Du musst nicht traurig sein. Deine Freunde werden dir helfen.«

Vincent musste sich beherrschen, nicht loszuheulen. Was war er nur für ein Mensch?

Die nächste halbe Stunde gingen sie stumm nebeneinanderher, immer auf der Suche nach der nächsten Zahl. Hinter dem Becken folgte eine graue Einöde. Eine Wüste ohne Sand. Der Untergrund war hart wie Beton, und nirgendwo war das kleinste Pflänzchen zu sehen. Die Hitze ließ sie schwitzen wie verrückt. Die Haut des Boten wurde von Minute zu Minute durchlässiger.

Von seinen Lippen waren nur noch hauchdünne Striche übrig, die aussahen, als würden sie zittern. Ansprechbar war er auch nicht mehr. Vielleicht gab es dieses seltsame Tal gar nicht, kam es Vincent in den Sinn. Vielleicht machte sich diese Frau einfach einen Spaß daraus, sie, die drei Menschlein, wie sie sie genannt hatte, leiden zu sehen.

Vor ihnen erstreckten sich weite Flächen, die wie ungepflügte graue Äcker aussahen. Allmählich wechselte die Farbe in einen freundlicheren Ockerfarbton, und die Luft war auch nicht mehr so trocken. Sie alle hatten Durst, aber nichts zu trinken. Vincent hatte seinen alten Kompass mitgenommen, aber die Nadel zuckte nur wie wild hin und her. Sich damit zu orientieren war unmöglich. Leonie holte ihr Handy hervor und schaltete es an. Zu ihrer aller Verwunderung funktionierte die Satellitenortung. »Okay, das ist jetzt wirklich gruselig. Das GPS geht noch. Vier Satelliten werden angezeigt.«

»Vielleicht ist es defekt?«, sagte Yashi.

Leonie blickte suchend in den milchig grauen Himmel. »Oder wir sind nicht unter der Erde, sondern in einer Parallelwelt. In einer Dimension, die unsichtbar neben unserer liegt. Das würde die merkwürdigen Koordinaten erklären. Laut Navigation befinden wir uns immer noch in Eden Park.«

Die letzte Zahl endete vor einer Öffnung im Boden. Quadratisch wie alles hier draußen. Yashi bückte sich über den Rand. »Sieht aus wie eine Rutsche. Aber man kann nicht sehen, wie weit es runtergeht.« Kalte Luft stieg aus dem Schacht auf. Luft, die so trocken war, dass Vincent husten musste. »Gib mal bitte dein Handy«, sagte Yashi zu Leoni. Er schaltete die Taschenlampen-App an. »Also von hier aus lässt sich nicht erkennen, wo der Schacht hinführt. Es gibt keine Befestigungen oder so. Vielleicht ist es besser, wenn wir umdrehen und nach einem anderen Weg suchen.«

»Bis dahin ist Äsch tot!«, sagte Vincent.

»Und wenn wir da reinspringen, sind wir es vielleicht«, entgegnete Leonie. »Ich will Äsch auch retten, aber nicht um jeden Preis.«

Mit Äsch in den Armen trat Vincent an den Rand der Öffnung und ging in die Hocke. Der Luftzug, der ihm entgegenwehte, roch irgendwie gut, nach Frühling, nach einer blühenden Wiese.

»Tu es nicht!«, sagte Leonie. Er spürte ihre Hand auf der Schulter. Doch Vincent presste Äsch fest an seine Brust und sauste in die Tiefe hinab. Die Beschleunigung war unglaublich. In seinen Ohren zischte der Wind. Der Tunnel funktionierte tatsächlich wie eine Rutschbahn, die sehr steil und mit unzähligen Kurven versehen war. Rechts, links, links, rechts. So schnell, dass der Fahrtwind in seinen Augen brannte. Auf den ersten Metern war es stockdunkel, dann tauchten an den Wänden in unregelmäßigen Abständen Lichtstreifen auf. Kurz, kurz, lang, lang. Wie bei einem Morse-Alphabet. Nur dass die Zeichenfolge keinen Sinn ergab. Vincent spürte, wie Äsch in seinen Armen leichter wurde; anstatt in den Kurven gegen seine Brust zu drücken, hatte Vincent das Gefühl, dass sein Freund von ihm weggezogen wurde. Er hörte ein dumpfes Grollen, dann ein Schaben und Kratzen, plötzlich blendete ihn greller Lichtschein. Vincent schloss instinktiv die Augen, dann wurde er mit dem Vielfachen seines Körpergewichts gegen die Rutsche gepresst, um im nächsten Moment jeglichen Halt zu verlieren. In seinem Magen spürte er ein helles Ziehen, als würde er in die Tiefe stürzen. Er riss die Augen auf und sah verschwommen eine Wand aus Regenbogenfarben, durch die er stürzte.

»FESTHALTEN!«, rief eine tiefe Stimme. Vincent landete sanft in einem Netz aus bunten Seilen, das von Kindern gehalten wurde. Freundliche Gesichter, die ihn von allen Seiten neugierig anstarrten. Es mussten mehr als zwanzig Kinder sein, die rings um ihn standen. Zwischen den Kindern tauchte ein alter Mann auf, dessen Gesicht so faltig war wie der Hals einer Schildkröte. Er gab den Kindern Zeichen, das Netz auf den Boden zu lassen. Vincent stützte sich mit einer Hand ab, während die andere Äsch weiterhin festhielt. Er spürte Büschel mit Grashalmen zwischen seinen Fingern. Die Kinder begannen, rhythmisch im Chor unverständliche Worte zu singen. »Da – wa – da – waaaa.« Einige von ihnen lachten. Doch als der alte Mann ihnen zunickte, verstummten sie und verschwanden aus Vincents Blickfeld.

»Willkommen im Tal der melodiösen Sehnsucht«, sagte der Mann. Seine Stimme klang tief und freundlich. Vincent bekam Gänsehaut, weil er das Gefühl hatte, dass seine kleinen sanften Augen tief in seine Seele blickten, und er sich sorgte, dass sie dort etwas endeckten, was ihnen missfiel. »Ich bin Eron.« Der Mann reichte ihm die Hand und half ihm auf die Beine.

»Wir«, brachte Vincent mit brüchiger Stimme hervor. »Wir

sind wegen Äsch hier. Er ist ein Superbote. Sie müssen ihm helfen.« Er hielt dem Mann das Bündel entgegen. Äsch fühlte sich wieder sehr leicht an. »Er darf nicht sterben.«

Der Mann nickte. Dann legte er Äsch vorsichtig ins Gras. Vincent erschrak. Äsch war unsichtbar. Nur noch seine Anzugjacke und seine Schuhe waren da.

ELFTES KAPITEL

Im Tal der melodiösen Sehnsucht

Leonie und Yashi kamen ein paar Minuten nach Vincent an. Vincent sagte ihnen, was der alte Mann mit Namen Eron ihm gerade erklärt hatte: Äsch war zwar noch in ihrer Nähe, man konnte ihn aber nicht mehr sehen. Vincent versuchte, bei seiner Schilderung das Wort *Geist* zu vermeiden, weil sich das irgendwie anhörte, als sei ihr Freund nun doch gestorben. Und das, hatte ihm Eron versichert, sei nicht der Fall.

»Er ist also nur unsichtbar?«, vergewisserte sich Leonie. »Und wir können das wieder rückgängig machen? Das ist sicher?« Sie blickte den bärtigen Mann misstrauisch an. »Äsch kann theoretisch wieder so sein wie vorher? Ich meine, ohne Flügel und so?«

Eron schmunzelte. Leonies forsche Art schien ihn zu amüsieren. »Vorausgesetzt, dass ihr ihn dabei unterstützt. Deshalb seid ihr ja mitgekommen, denke ich.«

»Können Sie ihn noch sehen?«, fragte Yashi und starrte suchend in die Luft.

»Er ist da. Glaubt mir. Und wir müssen jetzt los.«

»Herr Eron.« Leonie blieb stehen und runzelte die Stirn. »Ich hätte da noch eine Frage.«

»Nur Eron«, sagte der Mann. »Was möchtest du denn wissen?«

»Wieso können wir Sie eigentlich verstehen? Wieso sprechen Sie unsere Sprache? Das hier ist doch eine andere Welt.«

»Ich spreche eure Sprache gar nicht. Es ist umgekehrt: Ihr sprecht unsere Sprache.« Er deutete zu einem Schilfhain, der das Ufer eines Bachlaufs säumte. »Diese Omni-Trans-Gewächse übersetzen eure Sprache in unsere und umgekehrt. Das machen sie ganz automatisch.«

»Wie soll das gehen?«, fragte Leonie. »Sind da Microchips drin verbaut?«

»Nein. So eine veraltete Technologie benutzen wir nicht.« Ohne eine weitere Erklärung lief der alte Mann los. Leonie blickte verdutzt zu Vincent und Yashi, die mit den Schultern zuckten.

Eron bog in ein schmales Waldstück mit dünnen hohen Bäumen. Er machte große Schritte, summte leise vor sich hin und wirkte dabei entspannt. Die Baumkronen wogten leicht im Wind und erzeugten dabei ein Knistern, das sich für Vincent anhörte, als würde man vertrocknete Blätter zwischen den Händen zerreiben.

Omni-Trans-Gewächse können sogar die Sprache der meisten Tiere übersetzen. Nur bei der gemeinen Spottdrossel ist es kompliziert, das Gesagte in irgendeine andere Sprache als die der Vögel zu übertragen, weshalb die Wissenschaftler der inneren Welt sie zum Überbringen geheimer Botschaften oder besonders schlechter Witze benutzen. Damit der Empfänger die Nachricht entschlüsseln kann, braucht er zusätzlich zum Omni-Trans-Schilf auch noch eine freundliche Dechiffrier-Kakerlake. Und von denen gibt es nur wenige.

Hinter dem Wald folgten sie einem schmalen Pfad, der sich abschüssig durch eine hüfthohe Wiese schlängelte. Der Boden federte jeden ihrer Schritte ab, als sei er aus Moos. Der Mann bat sie, nicht zu reden.

Eine halbe Stunde später durchquerten sie einen Torbogen, den man kunstvoll in eine meterhohe Hecke geschnitten hatte und der der Eingang zu einer Art Garten war. Es gab dort Hügelbeete mit Salat und Tomaten und anderen Gemüsesorten, die sie noch nie gesehen hatten. An einigen Bäumen waren Schaukeln und Seile befestigt. An anderen flatterten bunte Papierfahnen. Sie überquerten einen Hügel und kamen zu einer blühenden Wiese, in deren Mitte eine Pauke stand, an der Efeu emporkletterte. Auf dem Trommelfell lagen Holzklöppel, als hätte bis vor kurzem noch jemand darauf gespielt. Die Kinder, es mussten mehr als dreißig gewesen sein, Mädchen und Jungen im Alter zwischen sechs und elf, höchstens zwölf Jahren, waren wie vom Erdboden verschluckt. Außer dem leisen Säuseln des Windes war nichts zu hören. Sie durchquerten noch mehr Torbögen in hohen Büschen, gingen nach links, dann wieder nach rechts, bis zu einem kreisrunden Platz, wo sie von leiser Musik empfangen wurden, die aus allen Richtungen zu kommen schien.

Eron blieb stehen und lächelte. Leonie setzte zu einer Frage an, der Mann hielt sich die Finger an die Lippen und schüttelte den Kopf, dann lief er weiter. Sie kamen an einem Springbrunnen vorbei, dessen Wasser einen künstlichen Kanal speiste, welcher in eine Allee aus kugelförmigen Büschen mit gelben Blüten führte. Es war, als würde man durch einen gigantischen Irrgarten spazieren. Ohne eine Art Navigationssystem war man hier drin verloren.

Vincent kramte seinen Kompass hervor. Anders als vorhin zeigte die Nadel zuverlässig nach Norden. Vincent nahm jedenfalls an, dass es Norden war, obwohl ihre langen, seltsam durchlässigen Schatten alle paar Meter in eine andere Richtung wiesen und sich zeitweise überlappten. Gerade so, als würde es mehrere Sonnen geben, die sie umkreisten. Aber sie befanden sich ja auch irgendwo in der Erdkugel, sagte sich Vincent. Je länger er darüber nachdachte, wo sie gerade waren, desto größer wurde seine Verwunderung. Dass es an diesem Ort überhaupt so etwas wie eine Sonne und Pflanzen gab wie bei ihnen, war unglaublich. Und sein Onkel hatte diese Welt gemeinsam mit seiner Tante entdeckt. Mit ihren Experimenten. Mit den Messungen.

Die Musik wurde lauter. Ihre Schritte wurden von Gitarrenklängen, Flötenspiel, Singstimmen von Mädchen und Jungen begleitet. Im Hintergrund leise Trommelschläge. Yashi machte sich einen Spaß daraus, im Takt der Trommelschläge zu hüpfen. Sobald man sich auf das unsichtbare Orchester konzentrierte, hatte man den Eindruck, dass sich seine Melodien wie zufällig ergaben, sich alle paar Takte wiederholten, sich überlagerten und wieder voneinander lösen, als sei es eine Symphonie, die im Moment des Zuhörens entstand.

Lass dich davon nicht einlullen, meldete sich die Stimme in Vincents Kopf zurück. *Musik ist was für Schwächlinge. Damit kann man keinen Feind besiegen.* Vincent spannte seine Muskeln an und versuchte, die Stimme zurückzudrängen. Aber je mehr er sich wehrte, desto lauter schien sie zu werden.

»Proben die Kinder für ein Konzert?«, fragte Leonie zaghaft, nachdem die Musik verstummt war. »Werden sie uns heute noch was vorspielen? Zum Empfang?«

»Nicht heute«, sagte der Mann sanftmütig lächelnd. »Heute spielen sie nur für sich. Und morgen vermutlich auch.«

»Klar«, sagte Leonie. »Nur für sich.«

»Sie suchen nach ihrem eigenen Klang. Erst wenn sie den gefunden haben, können sie wichtige Entscheidungen für ihr Leben treffen.«

»Das ist also eine Art Erziehungscamp?«, fragte Yashi.

»Die Kinder können alles werden, was sie wollen, wenn sie ihren Klang gefunden haben. Nur darum geht es an diesem Ort.«

»Aber Äsch, der Bote, wegen dem wir hier sind, ist ja altersmäßig gesehen kein Kind mehr«, bohrte Leonie nach.

»Und trotzdem kann ihm an diesem Ort geholfen werden«, sagte Eron mit Nachdruck, dann ging er stumm weiter.

»Wie können wir Äsch denn jetzt zurückholen?«, fragte Vincent erschöpft.

»Indem ihr unserer Welt ohne Vorurteile begegnet und euch auf die Herausforderungen einlasst, die sich euch stellen werden.«

»Das klingt nach einem handfesten Plan«, sagte Leonie ironisch.

Sie kamen zu einer Holzhütte, die von mächtigen Ahornbäumen umgeben war. Die Bäume standen so dicht zusammen, dass die Kronen ineinander übergingen und kaum noch Sonnenlicht durchließen. Der kühlende Schatten tat gut. Sie setzten sich an einen langen Holztisch. Darauf standen Schüsseln aus Ton. Salate und allerlei ihnen unbekannte Früchte. Das Wichtigste jedoch waren die vollen Wasserkrüge. Sie alle tranken hastig. Eron amüsierte sich darüber, wie Leonie den Geschmack des Wassers in den höchsten Tönen lobte und einen Becher nach dem anderen leerte. Er klopfte einen Laib Brot mit schwarzer, aufgeplatzter Kruste aus einer Form, nahm ein Messer, schnitt ihn in dicke Scheiben und reichte es ihnen.

»Wo ist denn das Besteck?«, fragte Leonie und blickte sich suchend um. »Und Teller wären auch nicht schlecht. Wir kommen ja aus der Zivilisation.«

Wieder schmunzelte der Mann. »Ihr Erdmenschen seid wirklich die speziellsten Wesen in allen Universen.«

»Ich dachte, es gibt nur ein Universum?«, wunderte sich Yashi. »Stimmt das nicht?«

»Sagen wir mal so: Diejenigen in eurer Welt, die die Wahrheit kennen, haben nicht viel zu sagen. Ihre Gedanken findet man nur selten in euren Lehrbüchern.«

Vincent überlegte, ob der Mann damit auf seinen Onkel und seine Tante anspielte. Aber er fühlte sich zu müde, um – nachzufragen. Leonie zog ihr Handy heraus. »Aber wir haben das Internet. Da steht alles drin, was man wissen muss.« Sie öffnete den Browser, aber es baute sich keine Seite auf. »Schade.«

Der Mann fasste mit seiner rechten Hand in eine der Schüsseln und schob sich eine Mischung aus ölig glänzenden Salatblättern, Granatapfelkernen, Karottenspänen und kleingehackten Nüssen in den Mund und begann, genüsslich zu kauen. »Los, greift zu. Es gibt einiges zu tun, wenn ihr euren Freund zurückholen wollt.«

»Können wir nicht gleich damit anfangen?«, fragte Vincent. Zwar konnte er die Augen kaum noch aufhalten und sehnte sich danach, ein paar Stunden zu schlafen, andererseits wollte er auch keine Zeit verlieren. »Äsch verlässt sich auf uns. Er vertraut darauf, dass wir ihm helfen.«

»Immer mit der Ruhe. Zuerst einmal dreht es sich um euch. Euch muss es gutgehen, damit ihr helfen könnt. Nur so kann es funktionieren. Das ist überall so.«

Der Bote ist unwichtig! Vergiss ihn einfach. Er lügt ohnehin, wenn er den Mund aufmacht.

Die Stimme machte ihn wütend! Warum wurde sie immer lauter?

Und ganz ehrlich: Dieser Äsch würde dasselbe nicht für dich tun. Dem ist es egal, ob du lebst oder nicht. Ob deine Heimat zerstört wird oder nicht.

»DAS STIMMT NICHT!«, brüllte Vincent wie von Sinnen, sprang auf und stieß mit der Hand gegen einen Krug, der kippte und den Brotlaib mit einem Wasserschwall bedeckte.

Alle Augen waren auf ihn gerichtet. Der alte Mann griff nach Vincents Schulter und zog ihn sanft, aber bestimmt, zurück auf die Bank. »Ich sehe schon. Ihr müsst einiges lernen, bevor ihr den Boten zurückholen könnt.«

»Alles okay?«, fragte Yashi und stellte den Krug wieder hin.

»Geht schon«, sagte Vincent. Er war wütend und traurig zugleich. Er versuchte, die Wut zurückzudrängen, und fühlte sich einsam, obwohl seine Freunde direkt neben ihm standen. Es war, als würde er durch eine Scheibe von Leonie und Yashi getrennt sein. Tränen stiegen ihm in die Augen, als er in ihre besorgten Gesichter blickte.

»Beruhig dich wieder«, sagte Eron. »Du kannst nichts dafür. Du bist mit mehreren Welten verbunden. Das würde jedem Wesen zu schaffen machen. Jedes Wesen sucht eine Heimat, einen Platz, an dem es sich geborgen fühlt. Das ist überall so.«

Der alte Mann wusste also Bescheid. Kannte er seinen Onkel und seine Tante? Hatten sie ihm von dem Unfall im Labor erzählt? Vincent war zu erschöpft, um nachzufragen. Mit jedem Mal, wo sich die Stimme in seinem Kopf meldete, kostete es ihn mehr Kraft, sie zum Schweigen zu bringen. Vincent war leicht schwindelig. Sein ganzer Körper vibrierte.

»Vincent hat einen Doppelgänger«, platzte Leonie heraus. »Einen Zwilling, der versucht, an seine Stelle zu treten. Können Sie ihm helfen?«

Eron schüttelte langsam den Kopf. »Er kann sich nur selbst helfen.«

»Gibt es denn kein Ritual oder so?«, fragte Yashi. »So schamanenmäßig. Meine japanische Oma kann mit Geistern sprechen. Und sie trinkt grünen Tee. Haben Sie so was vielleicht auch?«

Der Mann lachte. »Nein, so etwas haben wir hier nicht. Wir schöpfen unsere Kraft aus der Einsicht, dass alles miteinander verbunden ist. Und wir für das Wohlergehen unserer Umwelt und unserer Mitbewohner Verantwortung tragen.«

Vincent schwieg und horchte in sich hinein. Die fremde Stimme war verschwunden. Aber er spürte, dass die Stille in seinem Kopf nicht lange andauern würde.

Nach dem Essen wurde es schlagartig dunkel. Überall brannten Fackeln und Kerzen, der riesige Garten war erfüllt von fremden Geräuschen, Melodien und Stimmen. Die Kinder mussten ganz in ihrer Nähe sein, ließen sich aber nicht blicken. Tausende Glühwürmchen tanzten durch die Luft. Es sah aus, als würden ihre Bewegungen der Musik folgen.

Eron führte sie in einen großen Saal. Im Schein der Öllampe sah man Reihen aus Holzbetten. Einige Betten waren besetzt mit schlafenden Kindern. Die meisten von ihnen mussten jedoch noch irgendwo im Garten unterwegs sein.

»Ihr solltet jetzt schlafen«, sagte der Mann und stellte die Lampe auf ein kleines Tischchen. »Nach der anstrengenden Reise braucht der Geist etwas Zeit, um sich an diesen Ort zu gewöhnen. Das geht am besten im Schlaf.«

»Aber was ist mit Äsch?«, fragte Vincent, noch immer ungeduldig. »Ist es dann nicht zu spät für ihn, wenn wir jetzt schlafen?«

»Für das, was ihr vorhabt, müsst ihr ausgeruht sein. Nur so könnt ihr ihm helfen. Halbe Kraft reicht dafür nicht aus.«

»Nur noch eine Frage«, sagte Yashi. »Ich weiß, dass das hier anders läuft, aber wir müssten ziemlich schnell wieder zurück nach Eden Park. Wegen der Schule und so. Wir können also nicht ewig bleiben.«

»Hier läuft die Zeit deutlich langsamer als bei euch. Macht euch deswegen nicht zu viele Gedanken.«

Nachdem der Mann den Saal verlassen hatte, setzten sich die drei auf die Kanten ihrer Holzbetten und unterhielten sich im Flüsterton.

»Glaubt ihr, das hier ist eine Art Sekte oder so?«, fragte Leonie. »Ich meine, die Kinder haben sich gar nicht für uns interessiert, und das ist doch merkwürdig. Wir kommen doch aus einer anderen Welt. Da müssten sie doch neugierig sein. Wir sind ja quasi Aliens. Also, umgekehrt würde es mir so gehen.«

»Seltsam ist das schon«, sagte Yashi. »Was meinst du, Vincent?«

Vincent gähnte. »Vergeht die Zeit wirklich so viel langsamer als bei uns? Was sagt dein Handy?«

Leonie schaltete es an. »So ganz genau kann ich es nicht sagen, aber Pi mal Daumen dürfte die Zeit hier etwa viermal langsamer laufen als bei uns. Das sehe ich am Zeitstempel der Timeline.« Jetzt gähnte auch sie. »Der Akku ist bald leer. Ich mach es mal aus.« Sie schlüpfte unter die Decke. »Wenn die Uhr richtig geht, sind wir erst seit einer Stunde aus Eden Park weg.«

»Das heißt, dass uns der Beamer wann genau zurückholen wird?«, fragte Yashi.

»Nach Eden-Park-Zeit in ziemlich exakt achtundvierzig Stunden.«

ZWÖLFTES KAPITEL

Das Klavier

Vincent wachte auf, als Leonie ihn an der Schulter rüttelte. Er war entsetzlich müde und konnte sich nicht daran erinnern, wie er eingeschlafen war.

»Alles okay?«, fragte ihn Yashi. »Du hast heute Nacht geschrien.«

»Echt? Das hab ich gar nicht mitgekriegt.«

»War ziemlich krass«, bestätigte Leonie. »Muss ein heftiger Albtraum gewesen sein. Hast du den Zwilling wiedergesehen?« Sie grinste herausfordernd. »Bist du überhaupt Vincent? Unser Vincent? Der echte?« Sie kam näher und starrte ihm tief in die Augen. Vincent wich zurück. »Lass den Quatsch! Das ist nicht lustig.«

»Jetzt hab dich nicht so. Sieht okay aus.« Sie streckte sich. »Hab schon lange nicht mehr so gut geschlafen.« Sie schaltete ihr Handy an. »Und das, obwohl gerade mal zwei Stunden nach hiesiger Zeitrechnung vergangen sind.«

Vincent konnte sich nicht erinnern, was er geträumt hatte. Sein ganzer Körper tat weh. Er setzte sich auf. Sein Blick schweifte über die Pritschen. Vereinzelt lagen dort schlafende Kinder. Da wurde die Tür vorsichtig aufgedrückt, und ein Mädchen mit wilder Lockenmähne schlich auf Zehenspitzen zu ihrem Schlafplatz. Sie warf ihnen ein stummes Lächeln zu. Dann schlüpfte sie unter die Decke und schien augenblicklich einzuschlafen.

»Sind die anderen schon wieder beim Üben?«, wunderte sich Yashi.

»Ich glaube, die haben alle ihren eigenen Rhythmus«, flüsterte Leonie. »Wir sollten leise sein.« Sie verzog den Mund zu einem schwachen Lächeln. »Ist schon ziemlich strange, was hier so abgeht. Außer dem alten Mann scheint es keine Erwachsenen zu geben.«

Draußen war der Tisch bereits gedeckt. Die unsichtbaren Sonnen verbreiteten eine angenehme Wärme. Sie setzten sich und bedienten sich aus den Schüsseln. Es gab vor allem Obst und verschiedene Breis, die zuckersüß schmeckten. Widerwillig aß auch Leonie mit den Händen. Die Früchte erinnerten an Äpfel, Birnen und Zwetschgen, nur die Farben waren anders, und das Fruchtfleisch schmeckte viel intensiver. Bei jedem Biss hatte man das Gefühl, von einer kleinen Welle Energie geflutet zu werden.

Nachdem sie fertig waren, stand Eron wieder vor ihnen. »Vincent«, sagte er ruhig. »Du und deine Freunde, ihr werdet euch heute ein Instrument aussuchen.«

»Wozu?«, wunderte sich Leonie. »Können wir nicht einfach direkt zum Kern der Sache vordringen, erfahren, wie es um Äsch steht, und mit irgendeinem Voodoo-Zauber gleich auch noch Vincents Doppelgänger vertreiben?«

»Zauberei gibt es hier nicht«, sagte der alte Mann ernst.

Leonie nickte. »Die Sache ist nur die, dass uns der Beamer in vier Stunden unserer Zeit, also etwa in zwanzig Stunden Ihrer Zeit, wieder nach Eden Park zurückholen wird. Bis dahin müssen wir unsere Mission auf jeden Fall beendet haben. Da führt kein Weg dran vorbei.«

»Äsch wurde durch die Wellen in eurer Welt schwer verwundet«, sagte der Mann. »Er hat sich ihnen zu lange ausgesetzt.« Sein Blick streifte Vincent, der sich daran erinnerte, wie ihn der Superbote, als Fliege verwandelt, zum Krater begleitet hatte. Ohne ihn wäre er wahrscheinlich nicht mehr am Leben. Er musste ihn retten!

»Es steht nicht gut um ihn«, fuhr Eron mit ernster Stimme fort. »Nur wenn es gelingt, ein Band der Harmonie zu erzeugen, kann dieser Prozess rückgängig gemacht und er wieder gesund und sichtbar werden.«

»Und dafür brauchen wir wirklich Instrumente?«, seufzte Yashi. »Für dieses *Band der Harmonie*?«

»Das ist die einzige Möglichkeit. Deshalb hat euch die Zeitkrümmerin hierhergeschickt.«

Leonie seufzte. »Ist das nicht ein bisschen weit hergeholt? Lässt sich das wissenschaftlich begründen, dass wir drei – also wenn wir Musik machen, worauf das vermutlich hinausläuft – Äsch heilen können?«

Der Mann schmunzelte. »Mit eurer Wissenschaft lässt sich vieles nicht begründen, was hier und sonstwo geschieht. Dafür ist sie leider zu rückständig.«

Leonie verzog das Gesicht. *»Rückständig?«* Sie blickte auf das Tongeschirr. »Na ja. Das wage ich zu bezweifeln.«

»Fortschritt macht sich nicht an materiellen Dingen fest«, entgegnete Eron. »Das ist der Irrglaube vieler Zivilisationen, deren Untergang wir erleben mussten. Wurzel, Blüte, Frucht. Die Pflanzen sind die wichtigste Verbindung zwischen Himmel und Erde. Aber sie sind den Bewohnern eurer Welt schutzlos ausgeliefert, weil diese das nicht wissen oder wissen wollen.«

Erons Erklärung schien selbst für Leonie zu kompliziert. Sie trank einen Schluck Wasser. Vincent hatte keine Geduld, darüber nachzudenken. Er wollte wissen, wie es jetzt weiterging, was sie tun mussten, um ihren Freund zu heilen.

»Und wie können wir Äsch zurückholen?«, fragte er. »Wie genau soll das gehen?«

»Ihr müsst mit euch selbst im Einklang sein. Das ist die Grundvoraussetzung.«

Leonie streckte den Rücken durch. »O.k. Im *Einklang* – was immer das ist, wir werden es schon sein. Also von mir aus können wir diesen Schritt gerne überspringen. Ich fühle mich jedenfalls ganz wohl in meiner Haut, wenn das damit gemeint ist.«

»Eine Abkürzung gibt es leider nicht.« Eron sah sie mit ruhigem Blick an. »Äsch kann nur anhand starker positiver Schwingungen geholfen werden. Und die positivsten werden von Kindern erzeugt.«

»Natürlich ist Leonie dabei«, sagte Vincent rasch und warf der Freundin einen mahnenden Blick zu. »Hauptsache, wir können gleich loslegen mit diesem Einklang.« Er wandte sich wieder an Eron. »Wir müssen doch zu dritt sein für diese Schwingungen, die Äsch helfen werden?«

»Je mehr ihr seid, desto stärker sind eure Schwingungen – vorausgesetzt, ihr befindet euch im Einklang. Das ist nicht so leicht, wie sich das anhört. Die Kinder hier brauchen dafür Monate, um diesen Zustand sowohl alleine als auch in der Gruppe zu erreichen.«

»Also gut«, lenkte Leonie ein. »Einklang hin oder her. Ich mache mit. Wobei auch immer. Wir sind ein Team. Wir schaffen das gemeinsam. Und wir müssen uns ja auch noch um deinen Parasiten kümmern, Vincent.«

Eron führte sie durch das Heckenlabyrinth. Vincent bemerkte erst jetzt, dass der alte Mann keine Schuhe trug. Zusammen mit seinem wallenden Vollbart und der vom Wetter gegerbten Haut unterstrich das den Eindruck, dass Eron mit der Natur ganz eins zu sein schien.

Der Weg war ein anderer als gestern Abend. Neue Plätze. Ein kleiner See. Alle paar Meter bogen sie ab, nahmen einen regelrechten Zickzackkurs, ohne zu pausieren. Immer wieder öffneten sich vor ihnen lange Korridore, und von irgendwoher kam Musik, die sich mit dem Geräusch des Windes vermischte. Durch eine Lücke in einem Busch erhaschte Vincent im Vorbeigehen den Blick auf ein Mädchen, das mit mehreren Bällen jonglierte und glücklich aussah. Die Kinder schienen in diesem Tal nur das zu tun, was sie wollten.

Nach zehn Minuten erkundigte sich Yashi, wie lange sie noch unterwegs sein würden.

»Wir sind gleich da, mein Junge.« Eron schmunzelte. »Der

Weg gehört zur Vorbereitung. Euer Körper muss in Bewegung sein, sich aufwärmen, damit der Geist nachher von alleine weiterlaufen kann. Wenn ihr wollt, könnt ihr auch barfuß weitergehen. Das beschleunigt die Verbindung mit diesem Ort.«

Leonie stützte sich keuchend auf den Oberschenkeln ab. »Also mein Geist wäre auch jetzt schon bereit. Und die Schuhe lass ich lieber an. Bin allergisch gegen Bienengift.«

Als hätte Eron sie nicht gehört, legte er noch einen Zahn zu. Die Luft roch frisch. Das Summen der Insekten und das Zwitschern der Vögel verbreitete eine friedliche Stimmung. Vincent spürte, wie ein Teil seiner Aufregung von ihm abfiel. Für einen kurzen Augenblick erschien ihm dieser Garten wie das Paradies, wie einen Ort, an dem er bleiben wollte.

»Ich kann aber nur ein bisschen beatboxen«, sagte Yashi beunruhigt, nachdem sie an einem Jungen vorbeigeschlichen waren, der mit geschlossenen Augen Cello übend neben einem Springbrunnen gesessen hatte. »Und ein wenig rappen. Singen ist nicht so meins.« Er räusperte sich. »Stimmbruch im Anmarsch.«

»Alles was dazu beiträgt, dass du dich gut fühlst und diesem Ort und dir selbst etwas Harmonie schenkst, ist willkommen. Zu großer Ehrgeiz bewirkt meist das Gegenteil. Er macht einen unglücklich.«

Sie kamen an einen Platz, der von hohen Bäumen eingeschlossen war. Die dünnen Stämme und Äste erinnerten an Birken. Auch wenn ihre Rinde rot schimmerte und nicht kalkweiß und die Blätter mindestens dreimal so groß waren wie die einer Birke und auch dicker. Dadurch klang das Geräusch, das der stärker werdende Wind erzeugte, wie ein tiefes Rauschen.

Jetzt erst entdeckte Vincent, dass in der Mitte des Platzes ein Konzertflügel mit aufgeklapptem Deckel stand. Die Tasten waren beschädigt, auch der Korpus hatte schon bessere Tage gesehen. An manchen Stellen war der Lack aufgeplatzt. Kleine weiße Blüten wuchsen aus dem aufgequollenen Holz. Efeu schlang sich um die Standfüße und verschwand im Innern des Instruments. Es war fraglich, ob man darauf überhaupt noch spielen konnte.

»Der ist kaputt«, sagte Leonie. »So ein teures Teil kann man doch nicht einfach draußen stehen lassen. Mit Instrumenten kennen Sie sich hier wohl nicht so gut aus.« Sie schürzte die Lippen und schüttelte den Kopf, als wollte sie den Mann provozieren. »Echt schade um das schöne Stück. Steinway & Sons. Haben Sie den aus unserer Welt geklaut? Oder ist das eine Kopie? Das wäre dann wenigstens nicht ganz so schlimm.«

Der alte Mann hob leicht einen Mundwinkel. »Erst jetzt ist dieses Instrument ein Meisterstück. Erst jetzt kann es das, wofür es bestimmt ist, dem Spielenden seine Harmonie zurückgeben.«

»Das sehe ich anders«, widersprach Leonie und drückte ein paar Tasten. Die Töne klangen noch verstimmter als erwartet. Sie zerrten in den Ohren. »Von Harmonie ist da nicht viel übrig.«

Der alte Mann ließ sich von Leonie nicht aus der Ruhe bringen. »Willst du dich nicht setzen und etwas für uns spielen? Du scheinst dich mit Klavieren auszukennen.«

»Danke. Besser nicht. Ich denke, man müsste das erst mal von all dem Dreck und den Pflanzen befreien und stimmen, wenn das überhaupt noch geht. So macht das keinen Spaß.«

»Keinen Spaß.« Lächelnd setzte sich der Mann auf den Klavierhocker und legte seine Hände auf die Tasten. Dann schloss er die Augen und begann zu spielen. Eine einfache Melodie, die an manchen Stellen stockte, um dann wieder Fahrt aufzunehmen. Laut und leise. Schnell und langsam. Vincent kam das Bild einer Achterbahn in den Sinn. Einer Achterbahn der Töne. Sobald man sich daran gewöhnt hatte, dass die meisten Töne schief und dumpf daherkamen, spürte man ein angenehm leichtes Vibrieren auf der Haut. Nach und nach wurde auch ein Rhythmus erkennbar. Dreivierteltakt. Und plötzlich klangen die Töne nicht mehr verstimmt, sondern rein und klar.

Die Blätter an den Bäumen raschelten. Vincent erschrak. Für den Bruchteil einer Sekunde war er sicher, Äsch auf dem Hocker neben dem Mann erahnt zu haben. Mit dem Rücken zum Klavier. Wie ein schwaches Hologramm, die kurzen Beine baumelnd, einen halben Meter über dem Boden. Bevor Vincent etwas sagen konnte, war die Spiegelung auch schon wieder verschwunden. Hatte sich Vincent getäuscht? War das bloß eine Wunschvorstellung gewesen? Eine Fehlschaltung seines Gehirns? Jedenfalls passierte es kein zweites Mal. Verunsichert blickte er zu Leonie und Yashi hinüber, doch die lauschten weiter gebannt Erons Klavierspiel, das immer mitreißender wurde. Yashi war so fasziniert, dass er rhythmisch mit dem Kopf nickte. Seine Lippen gingen leicht auf und zu. Ein leises *Bop – bop – bop* war von ihm zu hören. Er schmunzelte. Ihn machte die Musik offensichtlich glücklich. Leonie jedoch schien etwas zu spüren, das Yashi nicht wahrnahm. Ihre Augen glänzten, und all der Hochmut war ihr aus dem Gesicht gewichen. Weinte sie? Mit einem Mal vergrub sie ihr Gesicht in den Händen. Vincent wollte sie trösten, aber da war die fremde Stimme wieder zurück und schimpfte ihn einen Schwächling. Und bevor er sich wehren und seinen Arm um Leonie legen konnte, endete die Musik.

Der letzte Ton zog lauter werdend an ihnen vorbei, folgte einer unsichtbaren Bahn durch die Luft über ihre Köpfe, wo er mit einem tosenden Knall explodierte und in winzigen kleinen Tönen wie Feuerwerksregen auf sie niederprasselte.

»Warum weinst du?«, fragte Yashi, als auch er Leonies Tränen entdeckte. »Das war doch einfach nur cool.«

»Cool?«, sagte Leonie und wischte sich die Tränen weg. »Ich weiß nicht, was du gerade gehört hast, aber ich fand das Stück verdammt traurig.« Sie holte tief Luft. »Ich muss jetzt wirklich nach Hause. Es war ein Fehler mitzukommen. Ich kann hier nicht länger bleiben.«

Der Mann antwortete mit einem sanften Lächeln und nahm die Hände von den Tasten. »Musik, wenn sie einen erreicht, kann manchmal auch weh tun, weil sie Erinnerungen hervorbringt, die wir verschlossen haben.«

»Hören Sie doch auf mit Ihrem Geschwätz!« Leonie stemmte die Hände in die Hüften. »Ich hab keine Lust, Ihrer Sekte oder was auch immer das hier ist, beizutreten. Sie sind nicht Gott oder ein Heiliger. Dieses ganz Gerede über Harmonie und so. Warum sollte es diese Welt, Dimension oder was auch immer das ist, wo wir uns gerade befinden, überhaupt geben?« Leonies Stimme bebte vor Wut und Verzweiflung. »Wie kommen wir wieder zurück? Ich will sofort wieder nach Eden Park. Dort ist zwar auch das meiste Fake, aber wenigstens weiß ich, dass es so ist. Also sagen Sie uns, wo der Ausgang ist. Gibt es ein Tor durch die Dimensionen oder so? Eine Abkürzung? Wie machen das denn Superboten wie Äsch? Wie kommen die in unsere Welt?«

»Glaubt mir, eure Aufgabe hier und dort ist eine viel größere, als nur den Boten zu heilen«, sagte der Mann. »Ihr habt hier die Gelegenheit, euren eigenen Klang zu finden, eure Ängste und Sorgen zu überwinden und zu innerer Harmonie zu gelangen. Wenn ihr das beherrscht, werdet ihr Kräfte freisetzen können, die euch noch großen Nutzen erweisen werden.« Er wandte sich wieder an Leonie. »Willst du es vielleicht doch einmal versuchen? Ich denke, es ist das richtige Instrument für dich und für euren Freund, für Äsch.«

»Das ist nicht fair«, jammerte Leonie. »Sie wissen mehr, als Sie uns sagen.«

»Bitte«, sagte Vincent. »Wenn es die einzige Möglichkeit ist, Äsch zu retten, dann versuch es. Auch wenn du nicht daran glaubst. Er würde dasselbe auch für dich tun.«

»Das ist Erpressung!« Leonie biss sich auf die Unterlippe. »Na gut. Aber wenn ich es versuche, wenn ich mich an dieses *Wunderklavier* setze, möchte ich alleine sein. Okay?« Ihr Blick ging zu dem alten Mann.

»Natürlich ist es das. Das Alleinsein gehört dazu.« Der Mann schritt zu dem Durchgang zwischen den Bäumen. »Dann werde ich jetzt deinen beiden Freunden ihre Instrumente zeigen.«

Als sie den Weg ein Stück fortgesetzt hatten, fand Yashi eine Rahmentrommel im Gras, auf deren Fell sich bereits Moos gebildet hatte. Sie sah aus wie ein überdimensionales Tamburin und hatte keine Schellen. Er setzte sich mitten in eine Wiese und schien hinter der Trommel fast zu verschwinden. Wie bei Leonie gab ihm der Mann keine Anweisungen, was oder wie er zu spielen hatte. Das war auch gar nicht nötig. Kaum hatten ihm Vincent und Eron den Rücken zugewandt, begann er zu trommeln. Ein langsamer, schleppender Rhythmus, als würde er ihnen nachsehen und ihre Schritte begleiten.

Vincent war gespannt, welches Instrument der Mann für ihn ausgewählt hatte.

DREIZEHNTES KAPITEL

Die Begegnung

»Dort oben ist dein Platz für den Nachmittag«, sagte Eron zu Vincent. »In ein paar Stunden hole ich dich wieder ab.«

»In ein paar Stunden?«

»Versuche einfach, den Ort kennenzulernen. Du wirst sehen, dass die Zeit dabei die kleinste Rolle spielt.«

»Und wo ist mein Instrument?«

»Es muss oben auf dem Hügel sein. Dort wo das letzte Kind gespielt hat.«

Damit verschwand der alte Mann durch einen Durchgang im Heckenlabyrinth. Vincent blickte ihm nach. Dann ging er die restlichen Meter den Hügel hinauf. Dort oben stand ein einziger blühender Obstbaum mit knorrigen Ästen, die aussahen wie die mächtigen Arme eines Fabelwesens, das von hier aus über sein Reich wachte. Die Luft roch wunderbar nach Sommer. Diesen Duft vermisste Vincent, seit er in Eden Park, in dieser künstlichen Stadt, wohnte. Nur auf der Waldlichtung, bei der Hütte seines Onkels, roch es im Sommer vergleichbar.

Vincent hörte dumpf das Plätschern eines Baches. Vielleicht war es auch der Wind, der über die Wiese strich. Aus irgendeinem Grund schienen die Geräusche der Natur in dieser Welt anders zu klingen, lauter, als würden sie auf irgendeine Weise verstärkt werden. Vielleicht machten das die Pflanzen. Wenn sie Sprache übersetzen konnten, wäre das doch auch denkbar.

Von hier oben konnte Vincent zum ersten Mal frei in alle Richtungen blicken. In einiger Entfernung meinte er den Birkenhain wiederzuerkennen, wo Leonie jetzt vielleicht am Klavier saß und spielte. Noch jetzt spürte Vincent einen dicken Kloß im Hals, wenn er an ihre Tränen dachte. Er fragte sich, warum sie geweint hatte. Woran hatte sie die Melodie erinnert, dass sie so traurig geworden war? An die Bücher? An den Brand in der Bibliothek? Aber das hatte doch nichts mit der Musik zu tun.

Eine Art Nebelschleier verhinderte, dass man weiter als ein paar Kilometer sehen konnte. Zwei ovale Lichtpunkte schickten ihr Licht durch den milchigen Vorhang. Zwei Sonnen, das war unglaublich. Sie standen in einigem Abstand nebeneinander am Himmel. Dem Schatten nach zu urteilen, bewegten sich die beiden Feuerbälle unabhängig voneinander in gegensätzliche Richtungen.

Die Vorstellung, dass Vincent gerade mit beiden Beinen auf einem Planeten stand, der zu einer Galaxie im Mittelpunkt der Erde gehörte, bereitete ihm ein Schwindelgefühl. Diese Galaxie musste ja klein genug sein, um in das Innere der Erde zu pas-

> Die Größe dieser Galaxie entspricht nach menschlichen Maßstäben dem Umfang einer durchschnittlichen kernlosen Wassermelone. Was, wie ihr zugeben müsst, nicht besonders viel ist.

sen, wie eine Nuss in die Schale. Klein genug für ein eigenes Sonnensystem. Das war faszinierend und beängstigend zugleich.

Vielleicht würden sie nach Einbruch der Dunkelheit in dieser Nacht Sterne sehen. Gestern waren sie ja gleich schlafen gegangen.

Er überquerte das Plateau, in dessen Mitte der Obstbaum stand, und blickte auf der anderen Seite hinunter. Sein Kompass zeigte diese Richtung als Norden an. Von hier aus hatte er Sicht auf eine grüne Hügellandschaft und eine nicht enden wollende Sommerwiese, die zu einem glitzernden Bachlauf hinunterführte. Für einen Moment war Vincent überglücklich, und seine Angst war verflogen. Hier sollte er also spielen. Mitten in einem Meer aus Blüten und summenden Insekten sollte er spielen und so Äsch zurückholen. Doch beim Gedanken an seinen Freund stieg ein nervöses Kribbeln in ihm auf. Was, wenn sie es nicht rechtzeitig schafften? Schnell machte er kehrt und lief zurück zu dem Baum.

Vor lauter Aufregung hatte er die Gitarre übersehen, die an einem der hinteren Äste des Obstbaums hing. Sie war mit einer Kordel und einem scharfkantigen Metallhaken befestigt und sah abgenutzt aus. Einige Saiten waren angerostet. Aus dem Schallloch sprossen die gleichen weißen Blüten wie aus dem Flügel. Ob Leonie wohl Klavier spielte, jetzt wo sie alleine war? Aber das müsste man doch in der Stille hören. Vincent nahm die Gitarre herunter, legte den schweren Haken auf den Boden, setzte sich auf einen Baumstumpf und begann zu spielen. Einzelne zufällige Töne, so wie er es vor dem Umzug nach Eden Park fast täglich gemacht hatte, wenn er alleine im Wohnwagen war. Mit geschlossenen Augen. Es fiel ihm schwer zu glauben, dass er auf diese Weise Äsch zurückholen konnte – mit seinem untalentierten Gezupfe. Aber er musste es versuchen.

Irgendwann schlug er den ersten Akkord an. Der Boden unter ihm schien zu zittern. Vielleicht Einbildung? Zweiter Versuch. Ein neuer Akkord. Wieder das leichte Beben. Komischerweise fühlte es sich gut an, nicht bedrohlich wie bei einem Erdbeben. Jeder Ton hörte sich mit einem Mal klar und kraftvoll an, als würde er von dem Baum verstärkt werden und über die Wurzeln in den Boden abfließen.

Bilder tauchten in Vincents Kopf auf, als er eine Akkordfolge gefunden hatte, die ihm gefiel. Er sah sich selbst, wie er einen gewundenen Kiesweg entlangging, der rechts und links von kleinen Holzhäusern gesäumt wurde. Das waren die Zeichnungen aus seinem Buch! Sogar das Knirschen der Steine konnte er hören – und spüren. Wie von selbst fanden seine Finger einen neuen Akkord, als wüssten sie, wohin die Melodie führte. Das Summen kam näher. Von vorne. Vor Vincents innerem Auge blitzte plötzlich das Gesicht seines Zwillings auf. Sein breiter Mund öffnete sich, verzögert kam der erste Satz:

Was bist du nur für ein Junge, der sich von so einer lahmen Musik blenden lässt? Ist ja wirklich peinlich für deinesgleichen. So wirst du nichts erreichen. Die Welt gehört den Kämpfern, nicht den Schwachen, die sich an ihren Instrumenten festklammern, weil sie zu feige sind, ihre wahre Macht zu erkennen. Mit diesem armseligen Ding kannst du kei-

nen Feind besiegen. Es ist an der Zeit, dass ich dir zeige, was noch alles in dir steckt.

Vincent versuchte mit aller Kraft, die Stimme in seinem Kopf zurückzudrängen.

Er bemerkte nicht, dass er immer heftiger auf die Saiten einschlug, bis die Melodie und auch die Vibration des Bodens verschwunden war. Erst als sich eine Hand über seine legte, brach er ab und öffnete die Augen.

Vor ihm stand ein Mädchen mit roten Haaren. Sie trug nicht die Leinenhose und das weite Hemd wie die anderen Kinder, sondern eine blaue Stoffhose und einen Umhang, der bronzefarben schimmerte. Die Haare hatte sie zu einem langen Zopf geflochten, der zu einem Knoten aufgerollt war.

»Du musst Vincent sein«, sagte sie und ging vor ihm in die Hocke. »Es ist schön, dass wir uns kennenlernen. Der Superbote hat viel über dich und deine besonderen Fähigkeiten berichtet.«

»Wer … wer bist du?«, fragte Vincent stockend.

»Ich bin Kashia, die Präsidentin des Rats der inneren Welt.« Sie reichte ihm die Hand.

»Präsidentin?«, wiederholte Vincent überrascht. Ein Mädchen, das kaum älter war als er selbst und sich *Präsidentin* nannte? Er versuchte, sich seine Verwunderung nicht anmerken zu lassen.

Kashia lächelte. »Ich weiß, in deiner Welt kam man sich so etwas nur schwer vorstellen. Aber bei uns können Kinder viel Verantwortung übernehmen, wenn sie wollen. Hier dürfen sie herausfinden, wo ihre Stärken und Schwächen liegen und was sie besonders glücklich macht.

Es ist wichtig, dass sie ihre innere Harmonie finden beide Seiten, die helle und die dunkle Seite, Licht und Schatten, müssen in Einklang gebracht werden. Damit jedes Kind gestärkt zu seiner Familie zurückkehren kann. Mit dem Wissen, wertvoll zu sein für die Gemeinschaft. Denn jeder von ihnen hat ein besonderes Talent.«

Das Mädchen klang klug und erwachsen, als hätte sie schon viel erlebt und gesehen. Ein bisschen wie Leonie, wenn sie damit angab, was sie alles wusste, nur auf andere Weise.

»Warst du auch schon bei meinen beiden Freunden, bei Leonie und Yashi?«, fragte Vincent.

Kashia schüttelte den Kopf. »Ich wollte vor allem nach dir sehen. In dir vereinen sich die Wellen eurer Welt und die Wellen unserer Welt. Das hat uns der Bote berichtet. Der eigenwillige Äsch hat große Stücke auf dich gehalten.« Sie grinste. »Deshalb hat er schon damals bei seinem ersten Besuch gegen sämtliche Boten-Regeln verstoßen. Aber das war auch gut so. Denn du und deine beiden Freunde habt großen Mut bewiesen.«

»*Hat* gehalten?«, entfuhr es Vincent erschrocken. »Ist er … ist er doch tot?« Entmutigt legte er die Gitarre auf den Boden. »Können wir ihn gar nicht heilen? Ist das alles umsonst?«

Kashia legte ihre Hand erneut auf seine. »Äsch lebt. Er ist nur kein Bote mehr. Wir haben nach dem letzten Beben alle unsere Späher und Boten aus eurer Welt zurückgezogen. Die negativen Wellen sind selbst für die Bewohner von Äschs Welt, der Zwischenwelt Betwedew, zu stark geworden.« Sie strich ihm über den Arm. »Du bist der einzige Mensch deiner Welt, der beide

Seiten in sich trägt. Das ist ein Wunder. Du fühlst aber auch den Schmerz dessen, was es heißt, an zwei Orten zu Hause zu sein.«

»Das ist die Schuld meines Onkels«, sagte Vincent und spürte Wut in sich aufsteigen. »Wegen ihm hab ich auch die Allergie bekommen, als er meine Tante damals in eure Welt gebeamt hat. Da … da war ich noch ein kleines Kind.«

»Ich weiß. Die beiden haben uns alles erzählt. Dein Onkel und deine Tante lieben sich sehr. Sie haben sich immer geliebt.«

»Du kennst sie?«

»Natürlich. Jeder kennt die beiden. Jeder kennt ihre Geschichte.«

»Es geht ihnen also gut, meinem Onkel und meiner Tante?«

Kashia nickte.

»Werden sie wieder zurückkommen? Zu uns, auf die Erde?«

»Ich denke, nicht.« Sie lächelte entschuldigend. »Ihr drei, du und deine beiden Freunde, seid talentierter und freier, als ich gedacht habe. Schade, dass sich die meisten Menschen in eurer Welt so stark verändern, wenn sie älter werden. Das hat uns die Entscheidung im Rat sehr schwergemacht. Deine Tante und dein Onkel bilden eine Ausnahme. Und ihr drei auch. Das habt ihr durch eure Entschlusskraft bewiesen. Aber leider sind nicht alle bei euch so. Deshalb mussten wir eine Entscheidung treffen.«

»Welche Entscheidung?«

»Dass wir euren Planeten verlassen.« Das Mädchen knetete die Hände. »Vielleicht möchtest du ja auch hierbleiben? Dein Onkel und deine Tante würden sich sicher freuen.«

»Nein. Ich … ich will zurück in meine Welt. Meine Eltern leben da und meine Schwester. Und die Allergie ist ja auch verschwunden. Ich bin dort zu Hause. Ich kann hier nicht bleiben. Auch … auch wenn ich meinen Onkel sehr mag.«

»Das verstehe ich. Es ist schön, wenn du diesen einen Ort hast, den du deine Heimat nennen kannst. Nur meinem Volk scheint es leider nicht vergönnt, für immer hier, in eurem Planeten, zu bleiben. Die Wellen aus eurer Welt sind zu stark für unseren Schutzmantel geworden.«

»Aber was passiert mit meiner Welt, wenn ihr geht?«, fragte Vincent. »Kommt es zur Schwerlosigkeit, wie Äsch gesagt hat?«

Das Mädchen senkte den Blick und nickte. »Es gibt für uns keine andere Möglichkeit. Wir dachten, dass die neun Würfel ausreichend sind, um die Schutzbarriere zwischen unseren Welten zu reparieren, aber es hat nicht gereicht.«

»Der neunte Würfel … seine Energie hat mich gerettet«, sagte Vincent niedergeschlagen.

»Und damit das einzig Richtige getan.«

»Und wenn wir es ein zweites Mal versuchen?«, fragte Vincent. »Ich hab den Drucker noch. Er könnte diesmal doch noch mehr Würfel ausspucken. Wir finden bestimmt Menschen, die uns helfen werden, sie an die richtigen Stellen zu bringen.«

»Dafür ist es leider zu spät.« Das Mädchen reichte ihm die Hand. »Es war schön, dich kennengelernt zu haben.«

Als sich ihre Finger berührten, spürte Vincent einen tiefen Schmerz und Kälte. Er ließ los. Er traute sich nicht zu fragen, was diese Nachricht genau für seine Welt bedeutete. Würde sie untergehen? Würde alles zerstört werden wie nach einem Krieg? Würde die Schwerelosigkeit vielleicht nie wieder verschwinden?

»Kann ich …« Er musste sich räuspern. »Kann ich meinen Onkel sehen, bevor … bevor wir wieder zurückmüssen?«

Sie seufzte. »Ich denke nicht, dass die Zeit dafür ausreichen wird. Die Vorbereitungen laufen, und ihr habt hier im Tal ja auch noch eine wichtige Aufgabe zu erfüllen. Aber ich kann ihm etwas von dir ausrichten.«

Vincent nickte. »Nur … nur, dass ich ihn vermisse.« Er blickte dem Mädchen tief in ihre Augen. Wie alt war es wirklich? Cornelius hatte doch gesagt, dass er seine Tante damals in die innere Welt gebeamt hatte, weil dort die Zeit langsamer lief, sich ihr Krebs dadurch langsamer ausbreitete und er gehofft hatte, dass es dort vielleicht bessere Methoden gab, um ihn zu heilen. Das hatte er doch gesagt? Das würde bedeuten, dass die Menschen in der inneren Welt langsamer älter wurden als bei ihnen. Das Mädchen hatte vielleicht also schon so viel Erfahrung gesammelt wie ein Erwachsener und sah nur aus wie ein Kind. Eine Täuschung.

Wie alles hier!, sagte die fremde Stimme. *Das ist ein Test, verstehst du es immer noch nicht? Sie wollen wissen, ob man dir und deinen Freunden zutrauen kann, die Welt besser zu machen. Und ich würde mal sagen, dass du durchgefallen bist.*

»Gibt es wirklich keine andere Möglichkeit, um eure und unsere Welt zu retten?«, fragte Vincent.

Kashia schüttelte den Kopf. »Es sind zu viele Risse. Die Verbindungen zwischen unseren Welten sind zu stark. So viele positive Wellen können weder wir noch ihr erzeugen, um das ursprüngliche Gleichgewicht wiederherzustellen und den Schutzmantel zu reparieren.«

Vincent spannte all seine Muskeln an. Vielleicht hatte der Zwilling recht. Vielleicht musste er kämpfen. »Wie viel Zeit bleibt uns noch?«, fragte er nicht mehr ganz so freundlich.

Sie überlegte kurz und sagte: »In neununddreißig Stunden eurer Zeitrechnung werden wir euren Planeten verlassen.«

»Und es ist euch egal, wenn bei uns Menschen dadurch sterben?«

»Wir haben uns die Entscheidung nicht leichtgemacht. Doch in unserer Welt gab es schon zu viele Tote.«

Vincent schloss kurz die Augen, dann sagte er mit der kalten Stimme seines Zwillings: »Ich werde nicht zulassen, dass bei uns Unschuldige sterben! Das werde ich nicht tun!«

Kashia wich erschrocken zurück. »Alles Gute«, kam es leise, aber hoffnungslos aus ihrem Mund, dann machte sie zwei, drei schnelle Schritte und verschwand hinter den Baum. Ein heftiger Windstoß jagte durch die Blätter. Vincent folgte ihr. Zu spät! Zurück blieb verdorrtes Gras. Wie damals bei Äsch, nachdem er ihm das Paket gebracht hatte.

Plötzlich begann es zu regnen. Vincent blickte zum Himmel. Er hatte gar nicht bemerkt, dass dunkle Wolken aufgezogen waren. Dicke Tropfen fielen vom Himmel, doch er spürte sie kaum. Was war das hier für eine Welt? Eine Welt der Verrückten? Eine Welt, die sich das Recht herausnahm, ihre Welt zu zerstören? Was konnte seine Welt denn dafür, dass sie stärker war als die innere Welt? Sie hatten sich diesen Ort im Kern der Erde doch selbst ausgesucht. Sie waren dort zu Gast. Und sie hatten sich dazu entschlossen, im Verborgenen zu bleiben. Vielleicht würde die Alphagruppe mit den Erdbohrungen aufhören, wenn sie wusste, was sie damit anrichtete.

In Vincents Kopf überschlugen sich die Gedanken. Sie mussten so schnell wie möglich wieder zurück nach Eden Park. Sie mussten die Menschen wenigstens warnen. Er war aufgebracht, und eine schreckliche Wut stieg in ihm auf. Eine Wut, die sich ungewohnt kraftvoll und mächtig, *gut* anfühlte. Die ihn all seine Ängste und Zweifel vergessen ließ. Vielleicht war es ein Fehler, sich gegen den Zwilling zu wehren. Vielleicht musste er sich mit der dunklen Seite verbinden, um stärker sein. Stärker als ein Kind, stärker vielleicht als ein Mensch.

Vincent blickte in den Himmel, direkt in den herabfallenden Regen. Die Augen weit aufgerissen, ohne zu blinzeln. Er hielt den Schmerz, das Brennen aus. Seine Lider zuckten, aber er ließ es nicht zu, dass sie sich schlossen. Er musste seine Welt verteidigen.

Vincent wollte nach der Gitarre greifen, die umgedreht auf dem Boden lag, sie zerstören. Musik würde sie nicht retten! Auf der Rückseite hatte sich eine kleine Wasserlache gebildet, in der sich nun sein Gesicht spiegelte. Er ging näher heran. Waren es die Augen seines Zwillings, die ihn zornig anfunkelten? Er konnte es nicht sagen.

Das Mädchen kennt deine Macht, sagte die Stimme in seinem Kopf, *sie weiß, dass du eine Gefahr für ihre Pläne werden kannst. Na-*

türlich gibt es eine Möglichkeit, die Erde vor der Zerstörung zu bewahren. Sie glaubt nur nicht daran, dass du dazu fähig bist. Sie hält dich für zu schwach.

»Hör auf!«, brüllte Vincent die Spiegelung an. »Lass mich in Ruhe! Du bist nur Einbildung. Nichts weiter, nur Einbildung! Nur in meinem Kopf!«

Nein, ich bin die Wahrheit. Ich bin der Teil von dir, der es gelernt hat, sich zu wehren, zu kämpfen und nicht abzuwarten. Glaub mir: Du kannst deine Welt retten.

»SEI STILL!« Vincent griff nach dem Hals der Gitarre und schmetterte sie mit voller Wucht gegen den Baumstamm. Ein tosender Knall. Der Korpus zerplatzte in tausend Stücke. Das brennende Gefühl, das sich in seiner Magengegend gesammelt hatte und von da aus in alle Richtungen ausstrahlte, wurde noch stärker. Er spürte Hass. Da erschien vor ihm plötzlich der Umriss eines Menschen, durchsichtig wie ein Glaskörper, an dem die Regentropfen abperlten. Ein Gesicht kam zum Vorschein. Es war sein Zwilling, sein Doppelgänger, der ihm jetzt gegenüberstand. Vincent zögerte einen Moment. Der Zwilling machte einen Satz in seine Richtung und versetzte ihm mit beiden Händen einen Stoß gegen die Brust. Vincent konnte sich gerade noch an einem tiefhängenden Ast festhalten. Um ein Haar wäre er gestürzt.

»Willst du dich nicht wehren?«, rief der Zwilling mit der ihm bekannten Stimme. »Willst du mich nicht besiegen? Willst du immer nur der liebe, nette, schüchterne Junge sein, den keiner ernst nimmt?«

»Warum tust du das?«, fuhr Vincent ihn an. »Was hab ich dir getan? Kannst du nicht einfach verschwinden und mich in Ruhe lassen?«

»Was bist du nur für ein Feigling. Du kämpfst nicht für deine Welt, nicht für deine Familie und nicht für deine Freunde. Versuchst alles mit Worten und *Musik* zu regeln, obwohl du die Kraft dazu hättest, ein Krieger zu sein. Das ist erbärmlich.«

»Ich will kein Krieger sein! Ich will, dass du mich in Ruhe lässt!«

Der Zwilling schoss nach vorne und verpasste Vincent einen Fußtritt in den Magen. Vincent krümmte sich vor Schmerz und japste nach Luft. Da traf ihn schon der nächste Tritt in die Seite. Vincent stützte sich keuchend am Baumstamm ab. Der Zwilling zog ihm den Arm weg. Vincent klatschte mit voller Wucht auf den schlammigen Boden.

»Willst du nicht endlich anfangen, dich zu wehren? Willst du tatenlos zusehen, wie deine Welt zerstört wird?«, kam es von seinem Gegner, der wie ein Boxer im Ring auf der Stelle tänzelte. Vincent kniff die Augen zusammen. Ja, er musste kämpfen. Äsch hatte gesagt, dass er seinen Zwilling vernichten musste. Das sei der einzige Ausweg. Er würde den richtigen Moment abpassen und sich dann auf dieses Wesen stürzen.

Vincent keuchte und blickte nach oben. Die gläserne Gestalt hatte sich in den letzten Sekunden in ein perfektes schimmerndes Abbild von ihm verwandelt. Dieselben Sneakers, dieselbe Hose, dasselbe T-Shirt wie Vincent. »Du willst doch nicht etwa schon aufgeben?«, höhnte der Zwilling über ihm. »Ist das wirklich alles, was du draufhast? Das ist ja wirklich traurig. Ein Junge mit Superkräften, der lieber zu Mama will, anstatt zu kämpfen.«

»Ich habe keine Superkräfte!«, sagte Vincent und sah sich verzweifelt um.

»Du hast recht. Im Moment siehst du eher wie ein schwächliches Kind aus, das im Dreck spielen möchte.«

In dem Moment entdeckte Vincent den scharfkantigen Haken, an dem die Gitarre befestigt gewesen war. Er lag nur einen Meter von ihm entfernt im Schlamm. Wenn er ihn zu fassen bekam, konnte er ihn als Waffe benutzen.

Vorsichtig schielte Vincent zu seinem Zwilling, der noch immer mit erhobenen Fäusten dastand. Dann griff er blitzschnell nach dem Haken und umschloss ihn mit der Hand. »Du bist nicht real!« Mit einem lauten Schrei stürzte sich Vincent auf den Zwilling. Er sah die Überraschung in den Augen aufblitzen, als er ihm die Spitze des Hakens in die durchscheinende Brust rammte. Vincent hatte erwartet, nein, gehofft, dass sich der Zwilling auflösen würde, so wie ein Geist sich auflöste, wenn er starb, aber zu seinem Entsetzen färbte sich das T-Shirt blutrot, und der Zwilling sackte zusammen.

»Eins zu null für dich«, kam es erstickt aus seinem Mund. »Du kannst ja doch kämpfen. Nun musst du diese Fähigkeit auch gegen den wahren Feind einsetzen.«

Bestürzt stützte Vincent den Zwilling ab. Der Körper fühlte sich entsetzlich schwer in seinen Armen an. Vincent sank langsam mit ihm zu Boden. Blut. Überall Blut. Das konnte doch nicht sein, dachte Vincent. Der Zwilling war doch nicht wirklich am Leben. Er war doch kein Mensch wie er. Er war doch nur eine Kopie. Wäre es anders, hätte ihm Äsch das doch gesagt.

Plötzlich stieß der Zwilling ein tiefes Lachen aus. Er schlang die Arme um Vincent, zog ihn zu sich heran und presste ihn so fest gegen die vom Blut durchtränkte Brust, dass Vincent schwarz vor Augen wurde und er das Bewusstsein verlor.

Als er kurze Zeit später wieder zu sich kam, dröhnte sein Kopf, und der Zwilling war verschwunden. Kein Blut. Keine Spuren ihres Kampfes.

Hatte er sich das alles nur eingebildet? Verlor er jetzt den Verstand? Er fühlte sich schwach und benommen, wie nach einem schlimmen Albtraum. Er stützte sich am Baum ab und schüttelte ungläubig den Kopf. Die Gitarre war wieder ganz. Sie hing an dem Haken am Baum und wogte sanft im Wind, als hätte Vincent sie nie angerührt.

VIERZEHNTES KAPITEL

Im Einklang

In der Dämmerung saßen Vincent und seine beiden Freunde wieder an dem langen Tisch. Er war noch reichlicher gedeckt als am Abend zuvor. Yashi war ganz aufgeregt. Er erzählte, dass er beim Trommeln das Gefühl gehabt hatte zu schweben. »Das war völlig abgefahren, als könnte ich fliegen.« Er streckte die Arme aus und tat so, als segelte er durch die Luft. Vincent hingegen fühlte sich elend. Er versuchte, sich nicht anmerken zu lassen, dass er vollkommen durcheinander war. Mittlerweile zweifelte er daran, dass der Kampf mit dem Zwilling überhaupt stattgefunden hatte. Vielleicht hatte er sich das alles nur eingebildet.

Leonie tippte nervös gegen die Tischkante. »Aber du hast Äsch auch nicht gesehen, während du *geflogen* bist?« Sie biss lustlos von einer Kartoffel ab, die Eron vorhin über offenem Feuer gegart hatte.

»Nein, nur … meine Eltern«, antwortete Yashi. »Ich hab nur meine Eltern gesehen.« Er blickte fragend zu Eron, der sich zu ihnen an den Tisch setzte. »Waren das Halluzinationen? Machen das die Instrumente? Sind sie irgendwie magisch oder so? Sogar die Pflanzen haben plötzlich geleuchtet.«

Leonie weitete die Augen. »Das war bei mir auch so! Bei mir haben die Blätter nachher sogar geflüstert und gesummt. Das war ziemlich verrückt.«

»Das bedeutet, dass ihr sie erreicht habt.« Eron schmunzelte. »Das sind die Schwingungen. Ihr wart im Einklang und habt deshalb die Schwingungen vernommen. Je mehr man sich darauf einlässt, desto wirkungsvoller können sie sich auf andere Menschen, Tiere und Pflanzen und die Luft übertragen. Sie können einen sogar beschützen, wenn man in Gefahr ist.«

»Beschützen?«, hakte Yashi nach. »Wie soll das gehen?«

»In dem man die Schwingungen, die Wellen der Luft, des Wassers und der Erde, verbindet und zu einer einzigen großen Welle zusammenführt. Aber das ist eine Kunst, die nur die wenigsten beherrschen. Dazu braucht es viel Übung, Mut und Konzentration.«

Vincent wich Erons Blick aus. Wusste er von dem Besuch des Mädchens? Erwartete der alte Mann, dass er den anderen davon erzählte, dass die innere Welt ihren Ausstieg plante, oder hoffte er, dass er schwieg, um seine Freunde nicht zu beunruhigen und ihre eigentliche Mission, Äsch zurückzuholen, nicht gefährdete? Vincent knetete unschlüssig die Hände.

»Das hier in diesem Tal sind also alles keine *normalen* Pflanzen?«, hakte Leonie nach.

»Sie sind sensibler als die Pflanzen in eurer Welt. Das müssen sie auch sein. Schließlich benutzen wir sie auch für unsere Kommunikation und viele andere Dinge.« Eron wischte mit der Hand Brotkrümel vom Tisch. Eine Kerze erlosch, und eine kleine Rauchfahne stieg auf.

»Und was hat es mit den Kindern auf sich?«, fragte Vincent da. »Die haben also alle Eltern, wie bei uns?«

Eron nickte. »Sie bleiben so lange hier, bis sie ein Instrument gefunden haben, das zu ihnen passt. Mit dem sie die Kraft entwickeln, ihre Schattenseiten zu überwinden. Bei manchen Kindern kann das Wochen oder Monate dauern, bis sie mit ihrem Instrument da angekommen sind. Bei manchen geht es ganz schnell. So wie bei euch. Ihr seid, jeder auf seine Weise, äußerst talentiert.«

»Das klingt alles ziemlich spirituell«, murmelte Leonie vor sich hin. Vincent erwartete, dass sie sich gleich darüber lustig machen würde, doch stattdessen sammelten sich wieder Tränen in ihren Augen. Vincent traute sich nicht, sie darauf anzusprechen. Vielleicht hatte sie Angst, für immer hierbleiben zu müssen.

»Aber wieso hab ich meine Eltern gesehen?«, fragte Yashi. »Das versteh ich immer noch nicht ganz. War das ein Tagtraum?«

Eron strich Leonie tröstend über den Rücken. »Der Einklang, der Weg dorthin, hat deinen Gefühlen Flügel verliehen. Die Gefühle, die in dem Moment am stärksten sind, werden sichtbar. Oft hängen sie mit den Menschen zusammen, die einem etwas bedeuten, von denen man geliebt wird oder nach denen man sich sehnt. Manchmal passiert es aber auch, dass unsere tiefsten Ängste zum Vorschein kommen. Und Gestalt annehmen. Sie mögen es nicht, wenn man sich ihnen nicht stellt.«

Vincent starrte vor sich hin. Er wollte Eron nicht in die Augen schauen. Jetzt war er sich sicher: Der alte Mann wusste, was heute Mittag passiert war. Sonst würde er so etwas nicht sagen. Er wusste von dem Kampf mit dem Zwilling.

»Yashis stärkste Gefühle galten in dem Moment also seinen Eltern?«, vergewisserte sich Leonie.

»Galten und gelten. Und offenbar weiß er, dass es ihnen auch so geht, sonst wären die Gefühle nicht so stark. Ihr standet also in gewisser Weise in Kontakt.«

»Ist das auch so, wenn die Menschen, an die man denkt, tot sind?«, fragte Leonie.

Eron nickte.

»Das ist wirklich cool«, sagte Yashi. »Wirklich cool.«

Vincent lief es eiskalt über den Rücken, als ihm bewusstwurde, dass er nur den Zwilling gesehen hatte. Nicht seine Eltern, nicht seine Schwester und auch nicht seinen Onkel. Obwohl er sie ja alle vermisste und sie die wichtigsten Menschen in seinem Leben waren. Hieß das, dass sie ihn nicht liebten, nicht an ihn dachten? Hieß das, dass er alleine war?

»Was haben deine Eltern denn gemacht, als du sie gesehen hast?«, fragte Leonie.

»Die Tiere gefüttert. Unsere Tiere. Die, die wir gerettet haben. Und sie haben über mich geredet.« Yashi sah glücklich aus. »Sie haben die ganze Zeit davon gewusst und es trotzdem nicht verboten.«

»Weil sie dich lieben und verstehen«, sagte Eron. »Und weil sie wissen, dass du das Richtige tust, auch wenn es vielleicht gegen die Regeln in eurer Welt verstößt.«

Yashi nickte. »Und wie war es bei euch? Habt ihr auch was gesehen? Äsch? Los, erzählt schon!«

Vincent trank einen Schluck Wasser, um Zeit zu gewinnen.

Dann schaute er zu Leonie. »Hast du dich noch ans Klavier gesetzt, als wir weg waren?«

»Ja, aber Äsch hab ich leider auch nicht gesehen«, kam es leise aus ihrem Mund. »Aber … aber dafür meine Mutter.«

»Deine Mutter?« Vincent war überrascht. Leonie hatte immer nur von ihrem Vater erzählt. Vielleicht waren ihre Eltern ja geschieden. »Was hat sie getan?«

Leonie antwortete nicht gleich. Sie blickte stumm auf das Brotstück in ihrer zitternden Hand und legte es weg.

»Du musst es nicht erzählen, wenn du nicht willst«, kam ihr Eron zur Hilfe. »Manchmal sieht man Dinge, die nur für einen selbst bestimmt sind.«

»Doch«, sagte Leonie. »Ich will es erzählen. Meine Mutter … sie ist bei einem Autounfall ums Leben gekommen. Das war, bevor wir, mein Vater und ich, nach Eden Park gezogen sind. Vor drei Jahren. Sie hat mir immer vorgelesen. Sie liebte Bücher.« Sie brach ab. Erneut kullerten Tränen über ihre Wangen.

»Soll Vincent weitermachen?«, fragte Yashi.

Leonie schüttelte den Kopf. »Meine Mutter war plötzlich da, als ich gespielt hab. Wie ein Hologramm, nur viel echter und … berührt hat sie mich auch. Sie sah wunderschön aus, wie an dem Abend, als sie zum Konzert in meine Schule kommen wollte.« Sie machte eine Pause. »Wir haben uns an dem Tag gestritten. Ich wollte nicht mehr so viel üben. Ich fand Computer, Programmieren, Hacken einfach spannender als klassische Musik und Noten von toten Komponisten. Meine Mutter hat den Laptop weggesperrt, und ich hab sie angeschrien, sie beschimpft, gesagt, dass ich nie wieder Klavier spielen werde. Und auf dem Weg zur Schule hatte sie dann den Unfall. Das war meine Schuld.« Sie schluchzte. Yashi strich ihr unbeholfen über den Arm.

»Hat sie nur dagestanden oder auch was gesagt?«, fragte Vincent. Er schämte sich dafür, nicht ebenso verständnisvoll zu sein. Stattdessen dachte er an den Zwilling. Er roch das Blut und dachte an den Augenblick, als ihn diese Kreatur umarmt hatte. Irgendwas war in diesem Moment mit ihm passiert. Irgendwas hatte sich verändert. War er überhaupt noch er selbst?

Nach einer kurzen Pause redete Leonie weiter. »Ja, sie hat etwas gesagt. Dass … dass es nicht meine Schuld war, das mit dem Unfall, und sie mich immer lieben wird, egal, was ich tun werde.« Sie wischte sich die Tränen aus dem Gesicht und straffte den Rücken. »Dann war sie wieder weg, und ich hab ihr Lieblingslied gespielt. Ein Stück von Chopin. Das hat sie geliebt.« Sie blickte zu Eron. »Ich bin froh, dass wir wegen Äsch hierhergekommen sind. Aber dass wir es schaffen werden, ihn zu retten, bezweifle ich.«

»Das muss sich erst noch herausstellen«, sagte der alte Mann sichtlich gerührt von Leonies Erzählung. »Ihr habt euch nun mit euren Instrumenten vertraut gemacht und seid schon weit gekommen. Alles Weitere wird sich zeigen.« Yashi und Vincent schwiegen.

Für ein paar Sekunden saßen sie alle stumm da und beobachteten die ersten Glühwürmchen, die bereits im Schatten des Dachvorsprungs durch die Luft tanzten. Jeder war in seinen Gedanken versunken. An diesem Ort hatte selbst die Stille einen eigenen Klang, dachte Vincent und horchte vorsichtig in sich hinein. Aber keine Stimme durchbrach das Schweigen in seinem Kopf. Der Zwilling blieb fort.

»Jetzt verstehe ich auch, warum du so auf Bücher stehst«, sagte Yashi leise. »Deshalb lernst du immer so viel und willst überall die Beste sein«.

»Außer in Sport.« Leonie lächelte unter Tränen. »Da werde ich wohl immer eine Niete bleiben. Aber was war bei dir, Vincent? Wen oder was hast du gesehen? Woher kommt der Kratzer neben deinem Auge?«

»Der …« Vincent befühlte die Stelle. Schorf hatte sich gebildet. »Ich musste eine Gitarre von einem Baum holen.« Er zuckte die Achseln. »Dabei muss es passiert sein.« Er wich Erons Blicken aus.

»Du hast Gitarre gespielt?«, fragte Leonie. »Ich wusste gar nicht, dass du das kannst. Das steht gar nicht in deinem Online-Profil.«

»Ich hab den Zwilling gesehen!«, platzte es aus Vincent heraus. »Wir haben gekämpft.«

»Hast du ihn besiegt?«, fragte Yashi. »Ist er weg? Bist du jetzt wieder du? Ich meine, nur du?«

Vincent nickte mit nachdenklicher Miene. »Ich glaube, schon.«

»Das ist doch toll!«, sagte Leonie. »Vincent, das ist eine richtig gute Nachricht! Und danach, nach dem Kampf, hast du also Gitarre gespielt?«

»Nein«, sagte Vincent zerknirscht. »Nein, das war vor dem Kampf.«

»Du hast also sonst nichts gesehen?«, fragte Yashi. »Auch nicht deinen Onkel, deine Eltern oder so?«

»Nein.«

Yashi blickte zu Eron. »Hat das irgendwas zu bedeuten, dass Vincent niemanden gesehen hat beim Spielen?«

»Alles hat etwas zu bedeuten. Er hat den Zwilling gesehen und ihn besiegt. Erst jetzt kann er der sein, der er sein will.« Eron erhob sich, ohne weiter auszuführen, was genau das bedeutete. »Wenn ihr mit dem Essen fertig seid, bitte ich euch, den Fackeln zu folgen. Es ist alles vorbereitet für euer Abschiedskonzert. Dabei könnt ihr euren Freund Äsch zurückholen, wenn ihr genügend positive Schwingungen erzeugt. Das könnte gelingen. Wie gesagt, ihr habt heute schon Beträchtliches erreicht.«

»Ein Konzert?«, entfuhr es Leonie. »Wir sollen ein Konzert geben? Vor Publikum? Aber was sollen wir denn spielen? Wir haben doch gar nicht zusammen geprobt, nur jeder für sich. Und Noten haben wir auch keine.«

»Die sind dafür auch nicht nötig.« Eron zündete eine Fackel an und rammte sie in den Boden. »Lasst euch die Zeit, die ihr braucht. Wir erwarten euch, wenn ihr bereit seid.«

FÜNFZEHNTES KAPITEL

Der Auftritt

Beklommen folgten die drei dem Weg, der für sie markiert war. In diesem Teil des Gartens waren sie noch nicht gewesen. Sie liefen langsam hintereinanderher durch einen schmalen Korridor, eine Art Geheimgang, den man in die Hecken gefräst hatte. Die Blätter waren so dicht, dass man nicht sagen konnte, ob es draußen bereits dunkel war. Nur das Licht der Fackeln, das ihre flackernden Schatten in die Finsternis warf, half ihnen dabei, sich an den Abzweigungen und Wegkreuzungen zu orientieren. Schon nach wenigen Minuten war es unmöglich zu wissen, wo in diesem Irrgarten sie unterwegs waren. Der Boden war uneben und von dicken Wurzeln durchzogen. Ging man zu schnell, blieb man irgendwo hängen oder stolperte. Der Weg stieg an. Vincent hatte den Eindruck, dass er sich in langen Serpentinen einen Hügel hinaufschlängelte. Es war anstrengend. Alle paar Minuten wechselten sie sich an der Spitze ab. Sie warnten sich gegenseitig, wenn irgendwo ein Zweig oder eine Wurzel kam, an der man hängen bleiben konnte. Vincent kämpfte mit seinem schlechten Gewissen. Er hätte seinen Freunden von der Begegnung mit Kashia, der Präsidentin, erzählen müssen. Er hätte ihnen sagen müssen, was er erfahren hatte. Die Erdbeben und die Schwerelosigkeit in Eden Park würden dieses Mal so schlimm sein, dass Menschen starben, wenn sich diese Galaxie aus der

Erdkugel herauslöste. Doch selbst wenn sie rechtzeitig nach Eden Park zurückkamen, konnten sie die Katastrophe nicht verhindern. Sie hatten keine Würfel, und sie waren nur Kinder. Kinder, auf die man in ihrer Welt nicht hörte.

»Ich glaube, die sind hier so eine Art Naturvolk«, sagte Leonie und blieb schnaufend stehen. »Die Klamotten sehen jedenfalls ziemlich öko aus, und Plastik hab ich auch nirgends gesehen. Ich hoffe nur, dass die kein Opfer bringen wollen. Nachher haben die für uns ein Tier geschlachtet oder so.« Sie verzog angewidert das Gesicht. »Dann kann ich für nichts garantieren.«

»Das glaube ich eher nicht. Die essen ja nur Gemüse und Früchte«, sagte Yashi. In seinem Gesicht spiegelte sich das Licht der Fackeln. Seit seinem Erlebnis mit der Trommel wirkte er gelöst, als hätte er die Angst davor, wie es mit ihm und seiner Familie nach ihrer Rückkehr nach Eden Park weiterging, ob sie die Alpha-Gruppe tatsächlich bei der nächsten Gelegenheit vor die Tür setzte, abgelegt. »Vielleicht haben sie ja irgendein Totem«, sagte er grinsend. »Einen alten Baum oder irgendein Tier. Was meinst du, Vincent? Was glaubst du, was uns gleich erwartet?«

Er zuckte die Schultern. »Hauptsache, wir können Äsch zurückholen.«

»Du musst keine Angst haben«, sagte Leonie. »Eron klang so, als hätten wir gute Chancen. Und wir sind ein super Team.« Sie lächelte ihm aufmunternd zu und übernahm die Führung. Der Weg stieg noch steiler an. Für die nächsten Minuten war nur noch ihr keuchender Atem zu hören und das Plätschern des Bachlaufs, der ganz in der Nähe sein musste.

»Eron hätte ruhig sagen können, dass wir erst ein paar Stunden durch die Botanik wandern müssen, bevor wir dieses Konzert geben dürfen. Vielleicht gehört das ja zum Test.« Yashi zog eine Fackel aus dem Boden und ging weiter. »Wie sollen wir das nachher überhaupt machen? Wer von uns fängt an mit Spielen? Du Vincent? Bestimmt hast du eine stärkere Verbindung zu Äsch. Der Bote hat dich ja damals auch deshalb gefunden, weil du die Welt oder einen Teil davon gezeichnet hat. Das war doch so, oder?«

Vincent nickte. »Mir ist es egal. Ich kann anfangen.« Er war so aufgeregt, dass seine Hände schwitzten. Es musste einfach klappen. Er würde alles dafür tun, Äsch wiederzusehen. Vielleicht hatte er eine Idee, was sie tun konnten, um die Katastrophe zu verhindern. Damals mit den Würfeln hatte er ihnen ja auch geholfen.

»Es ist leichter für uns, wenn du den Beat vorgibst, Yashi.« behauptete Leonie. »Jazz-Musiker machen das auch so. Alles andere ist viel zu schwierig.«

»Du kennst dich also auch mit Jazz aus?«, ätzte Yashi. »Bist du aber gebildet.«

»Dafür kann ich nichts. Mein Vater hat eine riesige Sammlung von alten Schallplatten. Absolute Raritäten.« Sie nahm Yashi die Fackel aus der Hand. Ein Luftzug ließ die Flamme wild hin und her züngeln. »Der Rhythmus ist gewissermaßen der Teppich, auf dem wir, Vincent und ich, uns dann ausbreiten werden.«

»Ausbreiten«, seufzte Yashi und verdrehte die Augen. »Warum musst du immer so angeben.«

»Wir können auch abstimmen«, sagte Leonie gereizt.

»Schon gut«, sagte Yashi. »Ich fange an.«

Das Ende des Korridors kam in Sicht. Es war Gemurmel zu hören, und vom Ausgang her wurde es etwas heller. Man konnte lodernde Feuerkörbe sehen. Nun konnte auch Leonie ihre Aufregung nicht mehr verbergen. An ihrem Hals bildete sich ein roter Fleck. Sie blieb erneut stehen. »Und wenn die uns doch irgendwelche Noten hinlegen? Ich kann nicht vom Blatt spielen. So gut bin ich nicht.«

»Das wird nicht passieren«, sagte Yashi. »Das hat Eron doch gesagt.«

»Können wir noch einen Moment hier warten?«, fragte Leonie. »Ich glaub, mir wird schlecht.« Sie atmete mehrmals hintereinander geräuschvoll ein und aus, dann stellte sie sich aufrecht hin. »Okay. Ich wäre dann so weit.«

Yashi bestand darauf, dass sie sich gegenseitig abklatschten. Erst dann traten sie hinaus auf die Lichtung, einen von hohen Bäumen eingerahmten Platz – und staunten nicht schlecht. Es war, als hätten sie die Bühne eines Freilichttheaters betreten. Lauter Kinder saßen erwartungsvoll auf Terrassenstufen, die steil anstiegen und einen Halbkreis formten. Ein Meer aus Fackeln tauchte die vielen Gesichter in Licht und Schatten. Ein geisterhaftes Wechselspiel. Der Himmel war nicht zu sehen. Kein Mond und keine Sterne. Nur dunkle schwarze Nacht.

Das Gemurmel verstummte, als sich Leonie an den Flügel setzte.

Vincent schüttelte innerlich den Kopf. War das nicht der Flügel von heute Mittag? Er entdeckte die weißen Blüten, die aus dem aufgeplatzten Lack sprossen, und den Efeu, der sich um die Standfüße schlang. Tatsächlich. Aber wie hatten sie ihn hierhergeschafft? Die Kinder würden ihn ja wohl kaum getragen haben? Der war doch viel zu schwer. Oder doch? Waren sie nicht nur klüger als die Kinder in ihrer Welt, sondern auch stärker?

Yashi hockte sich im Schneidersitz auf den Boden und nahm seine Trommel in beide Hände. Sein Dauergrinsen konnte nicht darüber hinwegtäuschen, dass er nun doch aufgeregt war. Seine Augen suchten Halt bei Leonie, die ihm aufmunternd zunickte. Vincent setzte sich auf einen Hocker neben Yashi und hob die Gitarre vom Boden auf. Auch sie war dieselbe, auf der er gespielt hatte. Aber unversehrt. Nicht der kleinste Kratzer war zu erkennen. Also hatte er die Begegnung mit dem Zwilling wohl doch nur geträumt? Aber die Stimme war fort, und das war die Hauptsache.

Unbeabsichtigt schrappte er über die tiefe E-Saite und traute seinen Ohren kaum. Der Ton klang wie in einer mächtigen Kathedrale. Wie durch einen unsichtbaren Verstärker. Und obwohl es hier draußen weder Dach noch Wände gab, kam er mit einem Echo wieder zu ihm zurück. Das war einschüchternd – auch für die Kinder auf den Rängen.

Ahs und *Ohs* lösten sich aus der Menge.

Noch bevor Vincent spielbereit war, legte Yashi bereits los. Sanfter als erwartet. Es war so, als würde er das Fell der Trommel mit seinen Händen rhythmisch streicheln. Er hatte die Augen geschlossen. Sein Gesicht war völlig entspannt. Leonie schien genauso verblüfft zu sein von diesem Anblick wie Vincent. Sie saß die ersten Takte regungslos am Klavier. Die Hände im Schoß, als hätte sie vergessen, dass sie mitspielen musste – für Äsch.

Babada – babada – babada.

Yashi wurde lauter. Der Rhythmus etwas schneller. Es klang wie eine Aufforderung an Vincent und Leonie, endlich mitzuspielen. Dann der erste Ton von Leonie. Ein einfacher, langer Ton. Pause. Wieder derselbe Ton, etwas härter. Vincent überlegte, ob das jetzt der Zeitpunkt war, an dem er einsteigen sollte. Aber was, wenn er sich verspielte? Was, wenn sein Ton gar nicht zu dem Ton von Leonie passte? Wenn damit alles zu Ende war und sie Äsch nie wiedersehen würden?

Er zupfte eine leere Saite. So zaghaft, dass nur ein winziger Ton aus dem Schallloch der Gitarre kroch. Mehr Geräusch als irgendetwas anderes. Leonie musste den Ton dennoch gehört haben, denn sie spielte ihn nach. Dann einen Akkord. Yashi wurde etwas leiser. Seine Hände in gleichmäßiger Bewegung über der Trommel. Langsamer, tragender. Ein neuer fließender Rhythmus.

Plötzlich ging ein Raunen durch die Menge. Aus dem Augenwinkel konnte Vincent sehen, wie einige Kinder mit den Händen in die Luft zeigten. Er hob den Kopf. Zuerst sah er nur ein Leuchten. Dann erkannte er Äsch. Seinen Freund! Er schwebte wie ein flirrender Geist, etwa fünf Meter über dem Boden. Von seinem Gesicht waren nur Nase und Augen zu sehen.

Vor lauter Aufregung vergaß Vincent weiterzuspielen. Erst als Yashi den Rhythmus wechselte und lauter wurde, spielte er wieder. Die Erscheinung, Äsch, schien immer intensiver zu werden, als würde sein Freund langsam den Weg zurück zu ihnen finden. Vincent schlug auf die Saiten ein. Er wollte mithelfen. Gemeinsam würden sie es schaffen. Doch je mehr er spielte, desto stärker flackerte Äsch und schien über der Dunkelheit zu verblassen. Nun blickte auch Yashi von seiner Trommel auf und geriet aus dem Takt, was zur Folge hatte, dass Leonie sich verspielte. Vincents Finger versteiften sich, als er sah, wie sich die Umrisse von Äsch wieder auflösten. Sie schafften es nicht! Äsch würde sterben. Erneut ging ein Raunen durch die Menge. Doch dann erhoben sich die Kinder von ihren Plätzen und begannen zu klatschen und zu singen. Nicht im Rhythmus der Trommel, sondern in ihrem eigenen. So laut und so schief, dass es in den Ohren zerrte. Sie trampelten, sie jauchzten, sie kreischten, sie zischten, erzeugten fremdartige Geräusche, als würden sie durchdrehen. Immer lauter, immer schneller, immer fordernder. Leonie blickte fassungslos zu Vincent herüber und nahm die Hände vom Klavier. Yashi hatte ebenfalls aufgehört zu trommeln. Man hätte es ohnehin nicht gehört. Die Töne und Geräusche, die die Kinder aus ihren weit aufgerissenen Mündern ausstießen, änderten ständig ihre Tonlage. Sie schraubten sich immer weiter in die Höhe. Wie bei einer Welle, von links nach rechts, dann wieder zurück. Vincent wurde schwindelig, und er steckte sich die Finger in die Ohren. Dann fingen die Kinder an zu tanzen. Jedes auf seine Weise, jedes in seinem Takt. Das sah wirklich verrückt aus. Doch es funktionierte. Ja, es funktionierte. Äsch erschien wieder. Zuerst seine verzerrten Umrisse, die sich aber nach und nach glätteten, Arme und Beine, die in der Luft strampelten. Dann sein Gesicht. Sein Lächeln, das Nicken seines Kopfes überstrahlte den Platz. Der Lärm der Kinder mündete in ein lautes prasselndes, gleichmäßiger werdendes Klatschen. Und dann fegte ein eiskalter Wind über den Platz. Das Flattern unzähliger Flügel war zu hören, und der Superbote Äsch schwebte zu Boden.

Äsch war wieder zurück! Vincent konnte sein Glück kaum fassen. Die Kinder hatten ihn zurückgeholt. Tosender Applaus brandete auf, Pfiffe und Freudenschreie. Yashi und Leonie nickten den Kindern lächelnd zu, als wollten sie sich für ihre Hilfe bedanken. Die Präsidentin, das Mädchen von heute Mittag, und Eron lösten sich aus einer Schatteninsel am Bühnenrand, umarmten Äsch und unterhielten sich mit ihm. Äsch, der wieder seine normale Größe hatte. Äsch, der wieder so aussah wie bei ihrer ersten Begegnung, dachte Vincent. Leonie sprang auf, Yashi legte seine Trommel behutsam auf den Boden, die Kinder stiegen zu ihnen herunter, tanzten wie wild um sie herum und sangen ihre Namen.

Äsch kam zu Vincent herüber und strahlte ihn an. Vincent lächelte zaghaft zurück. »Danke, Großer«, sagte der Bote überschwänglich. »Danke, dass du«, er blickte zu Leonie und Yashi und den übrigen Kindern, »dass ihr alle das für mich getan habt. Zwar ist es auch ganz cool, unsichtbar zu sein, aber …« Er zupfte sich an seiner viel zu engen Jacke. »Aber nur so als geistiges Wesen, ohne Körper, ist nicht so mein Ding. Noch nicht.« Er klopfte sich auf den kugelrunden Bauch. »Und wie mir meine Erdnussflips gefehlt haben.« Irgendwoher hatte Äsch plötzlich eine Handvoll Erdnussflips und stopfte sie sich in den Mund. »Was machst du denn für ein Gesicht, mein Junge?«, sagte er schmatzend zu Vincent. Krümel schossen in alle Richtungen davon. »Ist doch alles im grünen Bereich. Ich habe gehört, dass du den Zwilling besiegt hast. Gratulation. Damit bist du geheilt. Das macht mich glücklich. Deshalb sind wir hierhergekommen.«

Vincent nickte. »Aber wir müssen ja schon bald wieder zurück. Und mein Onkel, der … der kommt ja nicht mit und …«

»Verstehe«, seufzte Äsch mitfühlend. »Aber er darf nicht in dieses Tal. Das darf niemand von den Erwachsenen, außer Eron. Das ist hier die wichtigste aller Regeln.«

»Die Kinder haben uns geholfen«, unterbrach sie Leonie überschwänglich. »Mir pfeifen jetzt zwar noch die Ohren, aber das war wirklich … wirklich *überwältigend*, wie die das gemacht haben. Total schief hat das geklungen, einfach irre, aber es hat funktioniert.«

»Aber ohne euch hätte es nicht geklappt«, sagte Äsch anerkennend. »Ihr habt den Grundstein für meine Rückkehr gelegt.« Er klopfte Yashi auf die Schulter. »Du hast wirklich Rhythmus im Blut.«

Yashi nickte. »Danke.« Seine Augen leuchteten. Er wirkte entrückt. Er blickte den Kindern nach, die in alle Richtungen verschwanden. »Das … das alles hier ist schon ziemlich verrückt.«

»Wie man's nimmt«, sagte Äsch. Kashia winkte ihn zu sich herüber. Sie stand neben Eron, verabschiedete die letzten Kinder und blickte immer wieder zu Vincent. Als Äsch dazustieß, wurde ihre Miene ernst.

»Uns bleiben nur noch ein paar Stunden«, sagte Leonie. »Leider. Ich wäre gerne noch ein bisschen länger geblieben.«

»Ich auch«, sagte Vincent.

»Vielleicht können wir ja noch mal hierherkommen«, sagte Yashi grinsend. »Vielleicht diesmal ohne Umweg über diese durchgeknallte Zeitkrümmerin. Kannst ja die Koordinaten abspeichern.«

»Das wird nichts bringen«, sagte Vincent.

»Wieso nicht?«, fragte Leonie verwundert.

»Weil sie nicht mehr lange hier sein werden. Die Bewohner dieser Welt.«

»Woher weißt du das?«

»Kashia, das Mädchen, sie hat es mir gesagt. Sie war heute Mittag bei mir und hat gesagt, dass sie gehen werden.«

»Und was ist mit der Schwerelosigkeit?«, fragte Leonie. »Haben sie einen Weg gefunden, sie zu verhindern?«

Vincent schüttelte den Kopf. »Aber sie haben keine andere Wahl. Sie müssen gehen. Bei ihnen sterben durch die Erdbohrungen Menschen.«

»Und wann soll das passieren?«, fragte Yashi. Plötzlich wirkte er wieder hellwach.

»Kurz nach unserer Rückkehr.« Vincent sah betreten zu Boden.

Leonie schüttelte den Kopf. »Das gibt eine Katastrophe!«

In diesem Moment kamen Kashia, Eron und Äsch zu ihnen herüber. Sie sahen die drei erwartungsvoll an.

»Wir haben uns gerade beraten und wollen, dass ihr zu den

Bewohnern der inneren Welt sprecht«, sagte Kashia. »Heute Abend tagt der Rat zum letzten Mal vor dem Exit. Wir müssen uns beeilen.«

»Und wozu soll das gut sein?«, fragte Leonie wütend. Ihre Begeisterung von eben war verflogen. »Damit ihr noch mal eine paar Erdlinge sehen könnt, bevor ihr unseren Planeten zerstört?«

Kashia sah Leonie ernst, aber auch verständnisvoll an. »Wir müssen eure Welt so schnell wie möglich verlassen. Es geht nicht anders. Die Bohrungen durch die Erdkruste und eure negativen Wellen sind für die Zerstörung unseres Sonnensystems verantwortlich. Die Dichte unseres Schutzmantels befindet sich in einem sehr kritischen Bereich.«

»Aber wenn das alles schon entschieden ist, warum sollen wir dann vor eurem Rat sprechen? Das ist doch sinnlos.« Leonie war immer noch aufgebracht.

»Ist es nicht«, sagte Äsch und übergab das Wort mit einem Nicken wieder an Kashia. »Es gibt da eventuell noch eine Möglichkeit.«

»Ja«, sagte Kashia. »Eron war vor meiner Amtszeit der Präsident des Rats der inneren Welt. Wir haben uns beraten und beschlossen, uns dafür einzusetzen, dass wir euch eine letzte Frist einräumen, bevor wir euren Planeten verlassen. Vielleicht gibt es doch eine Möglichkeit, den Wellensturm auf unsere Welt zu mildern. Dann hätten wir eine Chance, den Schutzmantel zu reparieren, und unser Ausstieg aus eurer Erdkugel würde weniger verheerend für eure Welt sein.«

»Weniger verheerend«, wiederholte Leonie trotzig.

»Und wenn ihr uns diese Frist nicht gebt?«, fragte Yashi. »Was heißt das dann für uns, für Eden Park, für die Erde?«

»Es würde mit großer Wahrscheinlichkeit Tote geben«, antwortete Eron. »Das haben unsere Navigatoren berechnet.«

»Tote?«, sagte Yashi. »Aber ... aber das könnt ihr nicht tun! Außerdem dachte ich, die Würfel hätten genau das verhindert.«

»Leider nicht an allen Stellen«, sagte Kashia. »In den letzten Stunden haben wir neue Schwachstellen, Löcher, im Schutzmantel entdeckt.«

Eron ergriff wieder das Wort: »Aber vielleicht könnte es euch auch gelingen, die Harmonie in eurer Welt wiederherzustellen. Zumindest einen Anfang zu setzen und uns damit Zeit zu geben, den Schutzmantel zu verstärken. Das habe ich eigentlich nicht für möglich gehalten, aber ihr habt gezeigt, wie stark eure positiven Schwingungen sein können, wenn ihr euch zusammentut.«

»Aber das eben waren doch die Kinder«, widersprach Yashi.

»Die nur vollendet haben, was ihr begonnen habt«, gab Kashia zu bedenken. Ihre Augen glänzten.

Plötzlich war ein Donnergrollen zu hören, dann zerriss ein Blitz den dunklen Nachthimmel. Danach machte sich Stille breit, die Äsch nicht zu gefallen schien. Er machte keinen Mucks.

»Schaut nicht so ängstlich«, sagte Eron. »Das letzte Wort ist nicht gesprochen. Ihr drei könnt es schaffen. Das weiß ich. Das hab ich in den letzten Stunden gesehen.«

»Ihr wollt die Erde also verlassen, weil wir mit unseren negativen *Wellen* eure Welt zerstören?«, fragte Leonie. Jetzt wieder mit ruhiger Stimme. »Aber hier sieht es doch aus wie im Paradies. Hier scheint es doch nur glückliche …« Sie suchte nach dem richtigen Wort. »… *Bewohner* zu geben, oder nicht?«

»Das Tal der melodiösen Sehnsucht ist leider nur ein kleiner Teil unseres Planeten«, sagte die Präsidentin. »Andere Gebiete unserer Welt mussten wir bereits aufgeben.«

Leonie holte ihr Handy hervor und schaltete es an. »Aber selbst wenn wir zum Rat mitkommen wollten«, sagte sie. »Der Beamer. Er holt uns in weniger als einer Stunde wieder zurück. Das können wir nicht verhindern. Das ist unmöglich.«

Erste Regentropfen klatschten auf den staubigen Boden. Warmer Regen. Duftender Regen.

»Dann lasst uns keine Zeit verlieren«, sagte Eron. »Wir müssen die anderen davon überzeugen, dass ihr diese Chance verdient habt.«

»Und wo müssen wir jetzt hin?«, fragte Yashi. »Oder kommen die Leute hierher?«

Eron schüttelte den Kopf. »Wir müssen zur Sonneninsel. Das ist der Ort, wo der Rat der inneren Welt tagt.«

Kashia holte ein längliches Stück Holz aus ihrer Hosentasche. Auf der glänzenden Vorderseite erschienen leuchtende Symbole. Dreiecke. Linien. Punkte, Halbkreise und andere geometrische Figuren. Sie tippte auf einen Halbkreis, und ein Surren erfüllte die Luft. Staub wirbelte vom Boden auf. Der Regen hörte abrupt auf, als hätte sie ihn mit dem Apparat abgeschaltet. Direkt vor ihnen landete eine ovale Scheibe, etwa so groß wie ein einmastiges Segelboot und aus hellem Holz. Nirgendwo waren Propeller zu sehen. Aber der Luftzug und das an- und abschwellende Säuseln verrieten, dass der Antrieb irgendwo im Boden versteckt sein musste.

Kashia bat Leonie, Yashi und Vincent, das merkwürdige Fluggerät zu betreten. Vincent spürte, wie seine Füße festgesaugt wurden, kaum dass er in der Mitte stand. Silberne Haltestangen schoben sich aus den Holzplanken.

»Gut festhalten«, rief ihnen Eron zu und stieg zusammen mit Äsch auf eine kleinere Scheibe, die vor ihm gelandet war.

»Kann mich mal jemand zwicken?«, fragte Yashi. »Passiert das alles gerade wirklich? Oder ist das nur ein Traum?«

Die Präsidentin schritt zum Bug der Flugscheibe. »In dreißig Minuten sind wir da. Keine Angst, unsere Flug-Ellipsen sind sicher.«

SECHZEHNTES KAPITEL

Die Sonneninsel

Lautlos hob das Fluggerät ab und schoss in die Dunkelheit davon. Nur ein leises Sirren wie von einer Klimaanlage war zu hören. Der Regen hatte aufgehört. Der Gegenwind wurde von einem unsichtbaren Schutzschild abgehalten. Winzige Lichter in den Haltestangen verbreiteten ein nebelhaftes Schimmern, das ihre Gesichter geisterhaft bleich aussehen ließ.

»Das sind ja Riesen-Hoverboards«, sagte Yashi begeistert und blickte grinsend zu Leonie. »Doch nicht so rückständig hier, was?«

»Man kann sich ja mal täuschen. Würde gerne wissen, wie das alles funktioniert. Die müssen uns um Hunderte Jahre voraus sein. Mindestens.«

Sie glitten so ruhig dahin, dass man fast vergessen konnte, dass man flog. Nur der Boden vibrierte, was angenehm unter den Fußsohlen kitzelte. Auch wenn Dunkelheit die Sicht versperrte, bildete sich Vincent ein, dass sie an Höhe gewannen. Das erklärte auch den zunehmenden Druck auf den Ohren.

»Das ist gar nicht gut.« Leonie hielt ihnen kopfschüttelnd ihr Handy entgegen. »Schaut euch das mal an.«

Der Countdown für ihre Rückkehr lief ungleichmäßig. Die Ziffern der Digitalanzeige, sahen aus, als würden sie vor- und zurückstolpern. Langsam, schnell, extrem langsam, noch schneller, als würde sich die Zeit ständig neu ausrichten.

Vincent holte seinen Kompass heraus. Die Nadel begann sich zu drehen. Vor und zurück. Dann rotierte sie so schnell, dass man die Hitze durch das Glas spüren konnte. Die Magnetfelder spielten verrückt.

»Das ist gar nicht gut«, sagte Leonie. »Gar nicht.«

Vincent steckte den Kompass wieder weg.

»Hoffentlich hab ich mich nicht geirrt«, sagte Leonie und biss sich auf die Unterlippe. »Nachher kann uns der Beamer gar nicht erfassen, weil der Timecode und die Ortung spinnen. Das wäre fatal. Das muss alles synchron laufen. Ich hoffe, dein Onkel hat das berücksichtigt, sonst sind wir aufgeschmissen.«

»Bestimmt«, sagte Vincent.

Sie trauten sich nicht, bei Kashia nach einer Erklärung für diese Ungleichmäßigkeiten zu fragen. Wie ein Kapitän stand sie am Bug des seltsamen Flugapparats in einer Mulde und steuerte die Holzscheibe sicher durch die Dunkelheit. Ihre dünnen Unterarme lagen auf geschwungenen Holmen, die sie sanft in alle Richtungen bewegte, was von hinten aussah, als würde sie in Zeitlupe tanzen. Sie wirkte auf unheimliche Weise mit dem Flugapparat verbunden. So starr, wie sie den Blick nach vorne richtete, musste sie in der Finsternis etwas erkennen. Sie konnte offenbar bei Nacht sehen. Vielleicht konnten das alle Bewohner dieser Welt.

Nach etwa zehn Minuten setzte zu ihrer Überraschung die Morgendämmerung ein. Leonie zeigte auf einen schmalen Silberstreif am Horizont. »Ich weiß nicht, wie es euch geht, aber ich hab dafür keine Erklärung. So weit können wir doch gar nicht geflogen sein, dass es jetzt schon wieder hell wird.«

»Vielleicht haben die sogar mehr als zwei Sonnen«, sagte Yashi. Er schien als Einziger den Flug zu genießen. Keine Spur von Angst war auf seinem Gesicht zu erkennen.

Vincent blickte zurück in die Richtung, aus der sie gekommen waren. Dort setzte ebenfalls die Dämmerung ein und brachte eine mächtige Bergkette mit scharfen Zacken zum Vorschein. Eine beeindruckende Silhouette, die kilometerweit in den Himmel ragte.

»Sind wir da gerade wirklich drübergeflogen?«, fragte Yashi verdutzt. »Kann das wirklich sein? Aber das hätten wir doch mitgekriegt? So weit oben ist es doch eiskalt. Diese Welt ist wirklich abgefahren.«

Leonie schüttelte ungläubig den Kopf. »Ich geb's auf. Mit Logik kommt man hier nicht weit.«

Die Helligkeit hatte sie erreicht. Der Himmel über ihnen war bedeckt. Sie überquerten einen dichten Wald. Vielmehr schossen sie in einiger Höhe über das nicht enden wollende grüne Dach hinweg. Kashia lehnte sich etwas nach hinten, die Ellipse wurde langsamer.

Palmen. Überall Palmen und Vögel. Bunte Vögel. Vielleicht Papageien. Aber dafür war die Spannweite ihrer Flügel zu groß. Die Luft wurde feuchter und wärmer, als würden sie über Tropengebiet fliegen. Die unzähligen Vogelstimmen begrüßten die aufgehende Sonne, die sich vor ihnen am Horizont als glühender roter Ball in den diesigen Himmel schob. Ein Ruckeln, die Flugscheibe bremste ab und beschrieb eine sanfte Linkskurve, die hinunter in ein breites Flusstal führte. Links und rechts ragten steile Felswände auf, die von üppig grünen Terrassen unterbrochen wurden. Kleine verwachsene Bäume mit leuchtend roten Früchten klammerten sich in den Spalten fest.

Die Flugscheibe sank noch weiter hinab und brauste einen halben Meter über dem Fluss und in unglaublicher Geschwindigkeit stromaufwärts.

Tosendes Rauschen empfing sie, als sie einen gigantischen Wasserfall überquerten, der von einem breiten Flussdelta gespeist wurde. Zum ersten Mal, seit sie unterwegs waren, mussten sie sich an den Holmen festhalten, weil das Fluggerät kippelte. Kashia steuerte sicher durch den Wassernebel in eine schmale Schlucht. Der Flug stabilisierte sich wieder. Und der ohrenbetäubende Lärm herabstürzender Wassermassen verschwand. Sie flogen aus dem Schatten des Canyons hinaus in gleißend helles Sonnenlicht. Für einige Sekunden konnte Vincent nichts sehen. Doch dann hatten sich seine Augen an die neue Umgebung ge-

Der Unglaublichkeitsantrieb, mit dem sich die Ellipse fortbewegt, wurde nach dem Entdecker des Unglaublichkeitsantriebs, Harry Unglaublich benannt. Der gute alte Harry wollte sich nach Feierabend eigentlich nur ein Glas Sternenbrause am nächsten Kiosk besorgen. Dabei hat er den falschen Knopf seiner Rückwärts-Waschmaschine erwischt. Es kam zum Kurzschluss, und das Ding sauste mit ihm einmal nach Betwedew und wieder zurück. Damit war der Antrieb erfunden. Das behaupten zumindest die Gelehrten von Betwedew. Aber denen kann man nicht unbedingt trauen.

wöhnt, und er bekam den Mund nicht mehr zu. Vor ihnen grüne Hügel, die sich in beeindruckenden Formen zwischen Täler aus Sand gelegt hatten. Manche von ihnen erinnerten an schlafende Tiere. Ein Felsvorsprung sah aus wie der Kopf einer Schildkröte, das Muster einer Steinformation erinnerte an einen sich aufbäumenden Elefanten. So etwas zugleich Schönes, aber auch Unwirkliches hatte Vincent noch nie gesehen. Höchstens in einem Film. Von Computern erschaffen. Aber das hier gab es wirklich und war deshalb umso beeindruckender. Auch Leonie und Yashi kamen aus dem Staunen nicht mehr heraus. Mit der Landschaft veränderte sich auch der Duft, der in der Luft lag. Es roch rauer, intensiver. Nach dem Harz von Tannen und Fichten. Als hätten sie schon wieder eine neue Klimazone erreicht.

Sie durchquerten einen Felsbogen. Bei dem, was dahinter zum Vorschein kam, überfiel Vincent das Gefühl eines Déjà-vus: Diese Landschaft hatte er in den letzten Jahren immer wieder gesehen. Zuerst in seinen Träumen und später dann in seinem Skizzenbuch, wo er versucht hatte, seine Erinnerungen festzuhalten. Wusste Kashia davon? Zog sie deshalb die beiden Holme nach hinten und brachte die Scheibe zum Stillstand?

»Seht ihr das auch?«, fragte Leonie. »Der Himmel. Es sieht aus, als hätte ihn jemand ausradiert. Und dahinten, die Häuser und Wege. Sie … führen ins Nichts. Sind das die Wellen? Haben die das gemacht?«

Kashia beantwortete die Frage mit einem Nicken, das man von hinten erkennen konnte. Sie wandte nicht mal den Kopf. Mit einer Hand wischte sie sich etwas aus dem Gesicht. Vielleicht waren es Tränen. Tränen, weil ihre Welt, weil ihre Heimat sich auflöste. Sie blieben noch kurz auf der Stelle stehen. Dann drehte Kaṣhia nach links ab und beschleunigte. Sie flogen so schnell, dass Himmel und Erde nur noch farbige Schlieren waren. Braun-, Grün- und Grautöne, die unter ihnen dahinjagten.

Nach ein paar Minuten verwandelten die Schlieren sich in ein klares Blau. Wasser. Ein Ozean vielleicht. In der Ferne tauchte ein langgestreckter grüner Hügel auf. Über den breiten Rücken zog sich ein ovales Gebäude, eine gigantische Holzkonstruktion. Fest verwurzelte Mammutbäume bildeten die Stützpfeiler. Ihre Baumkronen wuchsen wie die Hälse von Schwänen nach innen. Kleinere Bäume und ihre Äste füllten die Lücken zwischen den mächtigen Stämmen.

Kashia flog eine Kurve um das Gebäude herum. Erst jetzt konnte man sehen, wie groß das grüne Oval war. Starke Äste mit Zweigen voller riesiger runder Blätter bildeten ein dichtes Dach. Nirgendwo gab es Bretter oder Beschläge. Das Gebäude schien nur aus lebenden Pflanzen und Bäumen zu bestehen, die sich zu diesem architektonischen Wunderwerk zusammengefügt hatten.

»Kann mich mal jemand zwicken?«, fragte Leonie. »Das ist so ziemlich das Krasseste, was ich jemals gesehen habe. Atemberaubend, wirklich atemberaubend.«

Kashia steuerte auf eine runde Öffnung in der Mitte des Blätterdaches zu. Als sie sich direkt darüber befanden, wartete sie ein paar Sekunden, dann ließ sie die Holme los. Die Maschine sank selbständig nach unten, als hätte ein unsichtbarer Lotse die Führung übernommen.

Die Tagungshalle war so groß wie die Shopping-Mall von Eden Park. Auf den Rängen, die von dicken Ästen geformt wurden, saßen dicht an dicht Menschen – die Bewohner dieser Welt, wie Vincent schloss. Für diese große Menschenmenge war es seltsam still.

Sie landeten auf einer breiten Bühne auf der Stirnseite, stiegen von den Flugapparaten und wussten nicht so recht, was sie tun sollten und was man von ihnen erwartete. Leonie, Yashi und Vincent tauschten ängstliche Blicke.

»Ich hoffe mal, dass die uns als Freunde betrachten«, flüsterte Leonie nervös lächelnd.

»Wie viel Zeit bleibt uns noch?«, fragte Yashi.

»Knapp siebzehn Minuten, wenn sich der Zeitfaktor nicht verändert hat«, antwortet Leonie. »Alles okay mit dir, Vincent? Du siehst irgendwie blass aus.«

»Ja, alles okay.« Vincent beschirmte seine Augen gegen das grelle Licht der Scheinwerfer. Ein halbes Dutzend davon schwebten über der Bühne und machten ein surrendes Geräusch wie ein Bienenschwarm, nur nicht ganz so laut. Immer wieder änderten sie Position und Helligkeit. Je nachdem, wo Kashia, Eron und Äsch gerade standen. Die drei waren in Lichtspots getaucht, als seien sie die Stars einer angesagten Reality-Show. Kashia diskutierte mit Eron. Das Publikum wurde ungeduldig und machte sich durch ein Rascheln bemerkbar, das es auf irgendeine Weise mit den Händen erzeugte.

»Ich hab kein gutes Gefühl«, flüsterte Yashi. »Nachher haben die was gegen uns. Wir sind ja gewissermaßen mitverantwortlich, dass sich ihre Welt auflöst.«

»Jetzt übertreib mal nicht.«

Einer der Scheinwerfer stieg nach oben und gab den Blick zum rechten Bühnenrand frei. Vincent hielt den Atem an.

Vor Freude. Vor Glück.

Da stand sein Onkel! Er stand am Bühnenrand. Zusammen mit Angelika. Beide waren sie am Leben. Beide waren sie wieder zusammen. Vincents Tante wirkte kaum älter als auf den vergilbten Fotos, die Vincent von ihr kannte. Das musste an der Zeit liegen, die in der inneren Welt ja so viel langsamer verging als oben auf der Erde.

Vincent wollte zu den beiden gehen, aber Cornelius gab ihm Zeichen, stehen zu bleiben. Und je länger Vincent seinen Onkel ansah, desto mehr machte sich Unbehagen in seiner Brust breit. Der eine Teil in ihm sagte, dass ihn Cornelius im Stich gelassen hatte, der andere Teil konnte es kaum erwarten, mit ihm zu reden, ihm zu erzählen, was in der Zwischenzeit alles passiert war, und ihn um Rat zu fragen.

Wusste sein Onkel eigentlich, dass er durch Wände gehen konnte? Hatte ihm Äsch das erklärt, als sie aus dem Labor geflüchtet waren? Und was war mit dem Tal der melodiösen Sehnsucht und … mit Eden Park? Wusste Cornelius, dass den Bewohnern eine Katastrophe bevorstand, wenn sich die innere Welt aus dem Erdkern herauslöste? Hatte er vielleicht eine Idee, wie man das verhindern konnte?

In Vincents Kopf überschlugen sich die Gedanken. Leonie stieß ihn sanft in die Seite. Unauffällig zeigte sie ihm das Display ihres Handys. Die Zeit, der Countdown für ihre Rückkehr, lief wieder im Schneckentempo. Sekunden, die kaum von der Stelle kamen. Aber das war gut so. Vincent wollte unbedingt mit seinem Onkel reden, bevor sie nach Eden Park zurückgeholt wurden. Dafür blieben ihm bestenfalls fünfzehn Minuten.

Kashia trat nach vorne an den Bühnenrand und bestieg ein Podest mit einem Rednerpult. Das Rascheln in der Zuschauermenge verstummte. Sie stand aufrecht und selbstsicher im Licht der Scheinwerfer und begann zu reden. Ihre Stimme ruhig und tragend. Verstärkt durch unsichtbare Lautsprecher.

»Vor einer Stunde habe ich im Tal der melodiösen Sehnsucht eine eindrucksvolle Begegnung gehabt. Und zwar mit diesen drei Erdenkindern.« Sie deutete auf Vincent, Leonie und Yashi, die schüchtern hinter ihr standen. »Bei dem Jungen hier handelt es sich um niemand anderen als Vincent Parker, der mutig und selbstlos gehandelt hat, um hier in der inneren Welt ein Leben zu retten. Die gleiche Tatkraft haben auch seine beiden Freunde bewiesen. Und sie haben Bemerkenswertes zustande gebracht. Ihre Schwingungen hätten beinahe ausgereicht, um …«, sie zeigte auf Äsch, »um diesen Superboten ersten Ranges alleine aus der Ebene null in die alle Sinne umfassende Wirklichkeit zurückzuholen.« Sie machte eine Pause, um ihre Worte wirken zu lassen. »Ihre Kraft lässt sich messen mit der von äußerst talentierten Ratskindern. Aus diesem Grund möchte ich heute erneut zu euch sprechen. Vielleicht haben wir uns getäuscht. Vielleicht können die Kinder dieses Planeten viel mehr ausrichten, als wir bisher angenommen haben. Vielleicht waren die Würfel nicht das richtige Werkzeug, um die Risse zwischen ihrer und unserer Welt zu reparieren. Auch wenn den Kindern in ihrer Welt weniger Rechte zustehen als in unserer und man ihre Meinung nicht in der Weise respektiert, wie sie es verdient hätten, so glaube ich, dass nicht nur Vincent …« Sie machte eine Pause. Ein Scheinwerfer-Spot fing Vincents verblüfftes Gesicht ein. »Dass nicht nur dieser besondere Junge, dessen Schicksal wir alle kennen, der zwei Welten in einer Seele trägt, uns helfen kann.« Sie machte erneut eine Pause. Vincent musste hohl schlucken. Er hatte das Gefühl, von Tausenden Augenpaaren angestarrt zu werden. »Auch seine Freunde Yashi und Leonie verfügen bereits jetzt über so viel Talent, so viel Hingabe für das Wohl anderer, dass wir die Hoffnung haben dürfen, dass ihre Generation neue, bessere Wege einschlägt, die es ermöglichen, unsere beiden Welten friedlich nebeneinander existieren zu lassen. Mit ihrer Hilfe könnte es uns gelingen, das Gleichgewicht wiederherzustellen und hierzubleiben.«

Einige Zuschauer applaudierten verhalten, andere blieben stumm oder machten erneut dieses raschelnde Geräusch. Von den oberen Rängen kam ein lauter werdendes Stampfen, das die gesamte Halle zum Zittern brachte und mit dem Rascheln zu einem bedrohlichen Geräusch anschwoll.

»Ich glaube nicht, dass das etwas Gutes zu bedeuten hat«, flüsterte Leonie. »Die Zeit hat sich stabilisiert. Noch elf Minuten. Wenn sie uns vorher nicht umbringen.«

Kashia ließ sich von dem Stampfen nicht aus der Ruhe bringen. Sie winkte Vincent, Yashi und Leonie zu sich nach vorne.

»Bisher haben wir angenommen, dass es niemanden auf der Erde, in der Welt der Menschen, gibt, der dort eine kraftvolle Harmonie erzeugen kann, die die negativen Wellen aufhalten kann, bis wir den Schutzschirm repariert haben. Aber diese drei Kindermenschen verfügen meiner Ansicht nach über genügend Kraft und innere Stärke, um uns eine zweite Chance zu verschaffen, nicht flüchten zu müssen. Davon bin ich überzeugt.«

Erneut das Stampfen aus den oberen Rängen. Es war noch lauter, noch beängstigender und setzte sich wie eine Welle in der Menge fort. Eron trat neben Vincent, legte seinen Arm um ihn und wartete, bis das Stampfen aufgehört hatte. Dann ergriff er das Wort. »Wir sollten ihnen die Möglichkeit geben, uns ihre Kraft zu beweisen. Im Tal der melodiösen Sehnsucht haben sie gezeigt, zu was sie bereits fähig sind. Ich bin mir sicher, dass sie mit noch mehr Übung ein starkes Band der Harmonie erzeugen können. Sie lernen schneller als jeder von uns.« Er blickte langsam von links nach rechts, als wollte er jeden im Publikum dazu zwingen, seine Meinung zu überdenken. In der Halle wurde es immer stiller.

Kashia trat neben Leonie, der man ansehen konnte, wie unwohl sie sich fühlte. Die beiden waren etwa gleich groß, aber Kashia wirkte nicht wie ein Kind, sondern wie eine selbstbewusste Anführerin, die in einem zierlichen Körper steckte. »Ich weiß, dass wir beschlossen haben, diesen Planeten in wenigen Stunden durch das schwarze Loch mit dem Namen Gamme Gozius zu verlassen«, sagte sie in die Stille. »Wir könnten im Schutz eines Planeten der Kategorie B ausharren, bis unsere Späher irgendwann eine neue Heimat für unser Volk, unsere Pflanzen und Tiere gefunden haben. Aber mit Hilfe dieser drei Kinder könnte es uns gelingen, doch noch hier im Kern dieses wundersamen Planeten zu bleiben. Das möchte ich euch zu bedenken geben. Es gibt diese letzte Chance.«

»Und wie sollen die Kinder das anstellen?«, rief eine wütende Stimme. »Woher soll denn plötzlich diese friedvolle Kraft kommen, mit der sie die negativen Wellen aufhalten wollen? Ihre Eltern, Großeltern und Urgroßeltern hatten sie doch auch nicht. Wieso sollen wir an ein solches Wunder glauben?«

Eron räusperte sich. »Diese Frage ist berechtigt.« Er zeigte zu Vincents Onkel und seiner Tante. Sofort wurden die beiden von einem der Strahler erfasst. »Cornelius und Angelika. Sie haben uns gezeigt, dass der Mensch bei all seinen Fehlern, bei all den Kriegen, die er führt, all der Zerstörung, die er auf seinem Planeten anrichtet, wie wir an die Liebe und die Harmonie glaubt.« Leises Stampfen. Eron hob beschwichtigend die Hände. »Natür-

In etwa dreihundert Jahren werden auch Menschen durch schwarze Löcher in fremde Galaxien reisen können. Deshalb ist es völlig unnötig, an Raketen und Raumschiffen zu arbeiten. Durch das *drag-and-drop*-Verfahren werden ganze Städte innerhalb von Tagen auf neue Planeten umziehen können. Wie das genau funktioniert, muss leider geheim bleiben.

lich gibt es in der Welt der Menschen Hass und Ungerechtigkeit, weil sie nicht wissen, was wir wissen, nicht gesehen haben, was wir gesehen haben, und es ihnen schwerer fällt, aus Fehlern zu lernen. Nur bedeutet das nicht, dass die Harmonie erloschen ist, wie viele von uns glauben. Sie braucht nur einen Verstärker. Sie braucht eine starke, eine außergewöhnliche, reine Kraft, die das Gute verbreitet.« Er zeigte zu Vincent. »Vincent könnte das gelingen. Dieser Junge verfügt über die Fähigkeit, die Harmonie seiner Freunde, Leonie und Yashi, zu verstärken. So zu verstärken, dass wir genügend Zeit haben, all die Wellenlöcher zu schließen, all die Kranken und Verwundeten zu heilen, damit wir hierbleiben können.«

»So viel positive Energie können diese Erdlinge nicht erzeugen«, kam es aufgebracht aus dem Publikum. »Das ist unmöglich.«

Es dauerte einen Moment, bis Vincent Erons Worte verstand. Wie konnte der alte Mann nur glauben, dass er etwas Besonderes war? Dass er mehr konnte, als durch Wände zu gehen. *Eine außergewöhnliche Kraft* … Was sollte das sein?

»Lächeln«, raunte ihm Yashi zu. »Wenn wir hier heil rauskommen wollen, musst du lächeln. Noch acht Minuten.«

Kashia bedankte sich bei Eron und übernahm wieder. »Wir möchten euch, liebe Bewohner, bitten, diesem Jungen und seinen beiden Freunden eine allerletzte Frist zu gewähren, um das Gleichgewicht zwischen ihrer und unserer Welt wiederherzustellen.«

Unruhe zwischen den Reihen. Lauter werdendes Gemurmel.

Kashia breitete die Arme aus. Sie verströmte so viel Respekt, wie Vincent es noch nie bei einem Kind gesehen hatte. Ihre Stimme wurde härter. »Wir«, sagte sie, »wir wissen, was es bedeutet, euch um dies zu bitten. Aber die Navigatoren haben berechnet, dass ein anderes schwarzes Loch in weniger als vierundzwanzig Stunden Menschenzeit nah genug sein wird, um uns zu transportieren, falls es den dreien bis dahin nicht gelingt, die Welleneinschläge zu stoppen, und wir die Schutzschicht reparieren können.«

Vincent fühlte sich wie in einem Fußballstadion, wo der Schiedsrichter soeben eine Fehlentscheidung getroffen hatte. Zu dem aufbrandenden Stampfen kamen Pfiffe und Buhrufe und etwas, das klang, als würde man Holzblöcke mit Suppenlöffeln bearbeiten. Er spürte die Wut der Menge am ganzen Körper und hielt sich verzweifelt die Ohren zu. Er blickte zu seinem Onkel, der ihn mitfühlend anschaute.

Kashia forderte nun die Menge zur Abstimmung auf. Kurz wurde es still. Dann setzte ein Summen ein, obwohl man überall nur geschlossene Münder sah. Es klang wie aus tausend Kehlen. Aus dem Summen entstand ein hoher Ton, der immer in-

Das sogenannte Abstimmungssummen erzeugt bei sensiblen Menschen ein leichtes Piepsen im Ohr. Deshalb sollte man beim kleinsten Anzeichen den Mund so weit öffnen, als würde man gähnen. Das verhindert das Einnisten eines intergalaktischen Ohrwurms, den man nur mit Schlagermusik in Dauerschleife wieder loswird.

tensiver wurde. Ringsherum begann es erneut zu rascheln. Das Blätterdach raschelte, Zweige bewegten sich wie Fächer und erzeugten einen Luftstrom. Der Ton glitt immer weiter nach oben, bis er beinahe in den Ohren zerrte. Kashia und Eron blickten gebannt zu der Öffnung im Dach, als würde da gleich das Ergebnis erscheinen.

»Da bekommt das Wort *abstimmen* eine ganz neue Bedeutung«, flüsterte Leonie mit halbem Lächeln.

Plötzlich verhallte der Ton abrupt, und von allen Seiten kamen Vögel angeflogen. Vielleicht war der Ton eine Art Lockruf. Sie mussten im Schutz der Blätter gewartet haben. Weiße Vögel, die kleiner waren als Tauben und in geordneten Bahnen zur Öffnung im Dach flatterten, wo sie in einer Trichter-Formation ins Freie flogen. Der Anblick war atemberaubend, und die Menge brach in Jubel aus. Sie mussten ihre Entscheidung irgendwie an die Vögel übertragen haben. Vielleicht hätte sie sich anders verhalten, wenn der Ton nach unten gegangen wäre.

»Danke«, sagte Kashia erleichtert. »Danke, dass ihr uns, dem Rat der inneren Welt, und diesen drei Erdmenschen, euer Vertrauen ausgesprochen habt.«

Die Leute erhoben sich von ihren Plätzen und redeten laut durcheinander. Kashia und Eron stiegen von der Bühne, um eine Gruppe von Kindern zu begrüßen. Und mit einem Mal standen Vincents Onkel und seine Tante vor ihnen.

»Ich bin stolz auf dich«, sagte Vincents Onkel, nachdem er ihn lange umarmt hatte. »Sehr stolz.«

Angelika strich ihm durchs Haar. »Es tut mir so leid, was damals passiert ist. So entsetzlich leid. Cornelius hätte dir viel früher sagen müssen, woher deine Allergie kommt. Das hätte dir all die Untersuchungen erspart.«

»Bist … du geheilt?«, fragte Vincent seine Tante. »Ist der Krebs weg?«

»Solange ich hierbleibe, darf ich leben. Das ist ein Geschenk.«

»Du wirst also nicht zurückkommen, nie mehr?«

Angelika schüttelte den Kopf. »Das hier ist meine neue Heimat.«

Vincent wandte den Blick zu seinem Onkel. »Und du? Wirst du auch hierbleiben?«

Cornelius nickte.

»Und was, wenn Eden Park, wenn alles bei uns zerstört wird?«

»Das kannst du verhindern«, sagte sein Onkel ernst. »Du musst nur an dich glauben. Du hast die Kraft beider Welten und kannst sie mit Hilfe deiner Freunde wieder in Einklang bringen. Du bist viel stärker, als du glaubst.«

»Warum denken alle, dass ich das kann? Ich bin nur ein Kind.« Vincent blickte zu Yashi und Leonie. »Wir drei sind nur Kinder. Das schaffen wir nicht.«

»Doch, ihr könnt der Anfang sein, der die Zerstörung aufhält und die Vernunft zurückbringt.« Cornelius legte die Hände auf Vincents Schultern. »Ich weiß, dass ich einen Fehler gemacht habe. Wahrscheinlich waren es viele Fehler, die ich gemacht habe. Aber du musst mir glauben. Ich wollte immer nur das Beste für dich. Wenn du zurück bist, musst du das Labor zerstören. Die Alpha-Gruppe darf den Beamer auf keinen Fall in die Hände bekommen. Auf keinen Fall! Die innere Welt muss unentdeckt bleiben.«

»Du willst nie mehr zurückkommen?«

»Nein, mein Junge. Ich … Angelika. Ich muss, ich werde hierbleiben.«

»Wir haben noch zwei Minuten«, sagte Leonie.

»Was müssen wir tun, wenn wir zurück sind?«, fragte Vincent hastig. »Ich hab das nicht ganz verstanden. Wie können wir diese positiven Wellen erzeugen?«

»Du musst die vorhandene Harmonie verstärken und weitergeben. Das könnte die Auslöschungen und Zerstörungen verhindern.«

Vincent wollte noch etwas fragen, aber sein Onkel schüttelte den Kopf. »Ihr schafft das. Hör auf deine innere Stimme.« Cornelius zog ein kleines Säckchen aus seiner Jackentasche und gab es ihm. »Steck das schnell ein.« Er blickte sich ängstlich um. »Das könnte euch dabei helfen, die Schwingungen zu verstärken. Und sag deinen Eltern, dass es mir leidtut, dass ich ihnen nicht gesagt habe, was mit dir los ist.«

»Ich darf ihnen sagen, wo du bist?«

»Ja, aber nur ihnen.«

»Okay.« Vincent ließ das Säckchen in seiner Hosentasche verschwinden.

»Noch zehn Sekunden«, sagte Leonie, nahm Yashi an die eine Hand und streckte Vincent die andere entgegen.

»Gleich«, sagte Vincent. Er blickte zu seinem Onkel. »Was ist in dem Säckchen?«

Kashia kam zu ihnen herüber.

»Noch vier Sekunden.«

»Mach es gut, mein Junge.«

Die letzten Worte kamen verwaschen bei Vincent an. Er streckte seine Hand nach der von Leonie aus, aber noch bevor sich ihre Fingerspitzen berührten, zog sich die Welt um ihn herum zu einer Röhre zusammen. Geräusche entfernten sich und wurden dumpf, wie in dem Moment kurz vor dem Einschlafen. Er spürte eine unsichtbare Energie, die sich über seine Haut legte, ein scharfes Kratzen, wie von einer besonders rauen Wolldecke. Aus dem Augenwinkel sah Vincent als Letztes, wie Äsch auf ihn zuging. Bevor ihn der Bote erreichte, verlor die Welt um ihn herum ihre Farbe. Pulsierende grellweiße Lichtstreifen strichen über ihn hinweg, scannten ihn ab, zippten und zogen und zerrten an seiner Haut, als würde sie gleich auseinandergerissen. Dann ein Summen in den Ohren, Schwerelosigkeit und Schwindel und ein letzter dumpfer Herzschlag, der mit einem Nachhall versehen war, der sich durch Raum und Zeit fortsetzte, auf der Suche nach dem Ziel. Den richtigen Koordinaten. Eden Park!

DRITTER TEIL

SIEBZEHNTES KAPITEL

Die Rückkehr

»Autsch«, hörte Vincent neben sich die Stimme von Leonie. Es dauerte einen Augenblick, bis er wieder klar sehen konnte. Sie hatten es zurück ins Labor geschafft. Den Leuten von der Alpha-Gruppe war es offensichtlich nicht gelungen, die letzte Schleuse zu durchbrechen. Die Alarmsirenen waren verstummt.

»Wo ist Yashi?«, fragte Leonie aufgeregt. Ihr Blick ging zu den Monitoren. Der Fortschrittsbalken zeigte, dass der Beamer noch aktiv war.

»Ist das normal?«, fragte Vincent. »Du hast doch seine Hand gehalten.«

»Vielleicht hätte ich das nicht tun dürfen. Vielleicht konnte der Transportstrahl ihn deshalb nicht richtig erfassen. Ich hab das ja auch erst einmal gemacht.«

Die Luft über der Plattform begann zu flirren. Die Umrisse von Yashi kamen zum Vorschein. Vincent war erleichtert. Die Transformatoren im hinteren Teil des Raums begannen, laut zu brummen, als würden sie ihre letzten Energiereserven mobilisieren, um Yashi zurückzuholen.

»Jetzt komm schon«, sagte Leonie ängstlich und blickte auf einen der Monitore. »Hoffentlich machen die Notstromaggregate jetzt nicht schlapp.« Sie presste die Hände gegeneinander, als wollte sie beten. »Bitte, bitte, bitte.«

Das Brummen schwoll an. Das Steuerpult, die Monitore, Computer und Halterungen begannen zu klappern. Vincent und Leonie starrten gebannt zum Beamer. Immer mehr Details von Yashi kamen zum Vorschein. Der Fortschrittsbalken auf dem Monitor begann rot zu blinken.

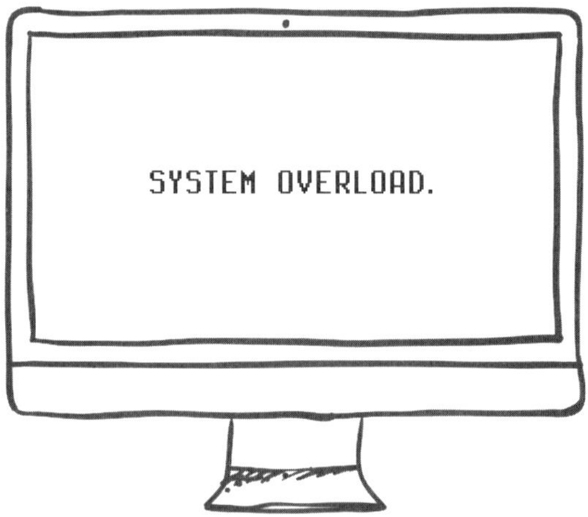

»Tu doch was!«, brüllte Leonie Vincent an und schlug die Hände vors Gesicht. »Das darf nicht passieren. Nein, nein, nein.«

»Was soll ich denn tun!?«, brüllte Vincent zurück.

»Irgendwas. Er wird sonst sterben.«

Vincent blickte sich suchend um. Im selben Moment hörte man ein lautes Klacken. Die Lichter über ihnen flackerten auf, sämtliche Lämpchen begannen zu blinken, und mit einem lauten Schrei knallte Yashi auf den Boden unter der Beamer-Vorrichtung.

»O Mann«, sagte er und rappelte sich auf. »Das war total irre.

Ich hab geträumt, dass ich irgendwo in einer Höhle feststecke. Echt abgefahren.« Er streckte sich. »Was schaut ihr mich so an? Ist irgendwas?«

»Nein … nein, alles, alles okay«, stammelte Leonie. Sie sah ganz blass aus.

Vincent wollte gerade etwas sagen, da wurde die Tür zum Labor aufgedrückt. Maja von Sittgenstein! Hinter ihr zwei Leute vom Sicherheitspersonal.

»Sie dürfen hier nicht rein!«, sagte Vincent und stellte sich ihr in den Weg. »Dazu haben Sie nicht das Recht. Das haben Sie nicht.«

Sie drückte ihn zur Seite. »Und ob ich das habe! Gefahr im Verzug. In Eden Park ist wegen eures kleines Experiments der Strom ausgefallen. Das ist eine ernsthafte Sache!«

Leonie tippte schnell etwas in die Tastatur neben dem Steuerpult ein. Alle Bildschirme erloschen.

»Was hast du da gerade getan?«, fragte Maja von Sittgenstein. »Ich möchte sofort wissen, was hier gespielt wird.«

»Nichts«, sagte Yashi. »Vincents Onkel hat uns erlaubt, dass wir hier unten unsere Hausaufgaben machen dürfen. Die Computer haben eventuell etwas zu viel Strom geschluckt. Das tut uns leid. Sind ja schon älter.«

»Genau«, pflichtete ihm Leonie bei und grinste. »Wissen ist Macht, und gute Noten sind das Wichtigste«, sagte sie ironisch.

»Dürfte ich das mal sehen, was ihr da gerade für die Schule gemacht habt?«, fragte die Präsidentin.

»Die Rechner gehören ja Vincents Onkel«, sagte Yashi. »Ich

glaube nicht, dass er damit einverstanden wäre. Oder Vincent?«

Vincent schüttelte den Kopf. »Nein. Mit Sicherheit nicht.«

Leonie machte ihm ein Zeichen, indem sie auf ihr Handgelenk tippte und dann mit dem Kopf zur Präsidentin deutete. Die trug über dem Datenarmband eine altmodische Uhr mit Zeigern und Mondphasen. Das goldene Gehäuse sah aus, als hätte man es eingeschmolzen und danach in alle Richtungen gezogen. Wie aus Wachs. Aber warum war das so wichtig?

»Die Uhrzeit«, formte Leonie stumm mit den Lippen.

Vincent tat so, als hätte er Kopfschmerzen, und rieb sich die Stirn, um unauffällig einen Blick auf die Uhr zu erhaschen. Sie hatten nur noch zwei Stunden, um die Katastrophe zu verhindern, die Bohrtürme vom Netz zu nehmen und Harmonie und Schwingungen zu erzeugen, wie auch immer das gehen sollte. Sie mussten sich beeilen, die Präsidentin und ihr Gefolge loszuwerden.

Vincent spürte ein Kitzeln auf dem Kopf. Dann hörte er das Brummen eines Insekts. Eine ziemlich dicke, ölig schillernde Stubenfliege landete auf seiner Nase und schien ihn aus ihren dunklen Facettenaugen anzustarren. Ihre Beinchen kitzelten. Aus Reflex wollte Vincent nach ihr schlagen. Doch Yashi stürze auf ihn zu und hielt ihn am Arm fest. »Nicht!«

Vincent ließ den Arm sinken. Jetzt fiel es ihm wie Schuppen von den Augen. Das auf seiner Nase musste Äsch sein! Er war ihnen gefolgt. Um ein Haar hätte er seinen Freund umgebracht.

»Was war das?« Maja von Sittgenstein blickte Vincent und

Yashi irritiert an. »Ihr drei Kinder seid schon sehr speziell. Das werde ich leider alles in der Perfect-Life-Datenbank vermerken müssen. Sieht nicht gut aus für eure Zukunft. Gar nicht.«

»Wenn es Ihnen Spaß macht«, sagte Leonie. »Hauptsache, wir können jetzt gehen.«

»Nicht so eilig.« Die Präsidentin gab einem ihrer Leute Zeichen, ihnen den Weg zu versperren. »Raus mit der Sprache: Was ist das für ein Ding, für dessen Betrieb ihr das gesamte Stromnetz lahmgelegt habt?« Sie blickte fragend zu dem Podest mit dem Beamer, wo einer ihrer Begleiter mit einem Tablet-Computer stand und mit den Schultern zuckte. »Wir kommen nicht rein. Die Login-Seite baut sich nicht mehr auf«, murmelte er entschuldigend.

»Wofür bezahle ich Ihnen so viel Geld?«, fauchte die Präsidentin. »Dass wir uns von ungezogenen Kindern auf der Nase herumtanzen lassen. Pah! Das ist wirklich peinlich.« Sie seufzte tief. »Leonie, wärst du jetzt bitte so freundlich, meinem unfähigen Mitarbeiter zu helfen, in das System zu kommen. Vielleicht würde ich es mir dann mit der Rückstufung deiner Bewertung noch einmal anders überlegen.«

Leonie schüttelte den Kopf. »Ich weiß doch gar nicht, wie das gehen soll«, sagte sie mit unverhohlener Ironie. »Wir haben hier unten ja nur gespielt und ein bisschen Hausaufgaben gemacht. Wir sind nur Kinder.« Sie klimperte mit den Augenlidern.

»Gespielt?« Maja von Sittgenstein kniff die Augen zusammen. »Komm mir jetzt nicht mit so einem Quatsch. Ich weiß genau, dass ihr irgendwas vorhattet. Dir scheint der Ernst der Lage nicht bewusst zu sein. Wir mussten wegen eures Spiels gerade das Serverzentrum vom Internet trennen. Ist dir bewusst, was das kostet, wenn die Rechner kein Geld mehr produzieren können? Den Schaden kann nicht mal dein Vater bezahlen!«

»Und wenn schon!«, meldete sich Yashi zu Wort und stellte sich neben Leonie. »Von uns werden Sie jedenfalls nichts erfahren.«

Ein leises Sirren, dann schalteten sich die Stromaggregate mit einem Klacken ab. Die Notbeleuchtung aktivierte sich, und eine Maschinenstimme sagte: »Bitte verlassen Sie den Raum innerhalb der nächsten dreißig Minuten. Eine ausreichende Sauerstoffversorgung kann nicht länger garantiert werden.«

»Du, mein Junge, hast soeben die Entlassung deines Vaters besiegelt.« Maja von Sittgenstein strich sich den Rock glatt und gab ihren Begleitern Zeichen zu gehen. »Das hier hat ein Nachspiel, das kann ich euch versprechen.«

»Sie müssen die Erdbohrungen sofort stoppen«, sagte Vincent. Seine Stimme klang fest. »Sofort!«

Die Präsidentin verzog überrascht das Gesicht. »Kann es sein, dass du dich wiederholst?«

»Es stehen Leben auf dem Spiel«, fügte Vincent hinzu. Leonie und Yashi blickten ihn ungläubig an. »Sie müssen sofort damit aufhören. Die Energie, die Sie da aus der Erde holen, wird alles zerstören! Alles.« Er redete nicht weiter, weil ihm klarwurde, dass diese Frau nicht auf sie hören würde. Es war zwecklos, es auf diese Weise zu versuchen. Und von der inneren Welt durften sie nicht erzählen.

»So etwas hab ich noch nie erlebt?«, sagte Frau von Sittgenstein sichtlich irritiert und blickte Vincent, Yashi und Leonie, einen nach dem anderen an. »Ihr drei scheint wohl komplett übergeschnappt zu sein. Ich werde mit euren Eltern sprechen. Es ist Zeit für disziplinarische Maßnahmen. Damit ihr wieder lernt, Respekt vor Erwachsenen zu haben.«

»Tun Sie, was Sie für richtig halten«, sagte Vincent unbeeindruckt. »Aber wenn Sie nicht mit den Bohrungen aufhören, wird alles hier zerstört.«

»Es reicht, mein Junge«, sagte die Präsidentin. Dann gab sie ihren Begleitern Zeichen zu gehen. »Dieser Raum ist ab heute gesperrt, genau wie die Bibliothek, die ja leider einem Kabelbrand zum Opfer gefallen ist.« Sie ging ein paar Schritte und blieb stehen. »Ich kann euch versprechen, dass dieses *Spiel* oder was auch immer das sein sollte, Folgen haben wird.« Sie schüttelte den Kopf. »Einfach so zum Zeitvertreib den Teilchenbeschleuniger zu aktivieren und den Strom umzuleiten. Das wird euch teuer zu stehen kommen.«

Die Lichter über ihnen flackerten auf, und die Maschinenstimme vermeldete, dass die Stromzufuhr wieder aktiviert wurde.

Das Sicherheitspersonal brachte Leonie, Vincent und Yashi zum Aufzug. Vincent behielt Äsch im Blick, der schwerfällig neben ihnen herflog. Wieso musste er sich auch ausgerechnet in eine übergewichtige Fliege verwandeln?

Als sich der Fahrstuhl öffnete, hatte Vincent Angst, sein

Freund könnte ausgesperrt werden. Deshalb tat er so, als müsste er sich die Schuhe binden, und blockierte die Tür, bis Äsch brummend an ihm vorbeiflog und kopfüber an der Decke landete. Erst dann ließ er die anderen durch.

»Was ist bloß in euch gefahren? Was hat das alles zu bedeuten?«, fragte die Präsidentin. »Leonie, du wirst deinen Platz an der Spitze verlieren. Ist dir das wirklich so egal? Willst du dir deine Karriere wegen deinen beiden Freunden zerstören? Das System sieht dich ganz oben im Allzeit-Ranking. Du kannst dir deinen Platz in dieser Welt später aussuchen.«

»Das bedeutet nichts!«, kam es scharf aus Leonies Mund. »Die Beurteilungen, die Noten. Gar nichts. Ihr System ist veraltet. Sie sollten es überholen. Genau wie den Park.«

»Unglaublich.« Die Präsidentin rang nach Luft. Dann wandte sie sich an Yashi. »Weißt du, was du damit anrichtest, dass du deine Freundin da mit hineinziehst? Nur weil deine Chancen eher begrenzter Natur sind, solltest du nicht deiner besten Freundin den Weg verbauen.«

»Lassen Sie ihn in Ruhe!« Vincent stellte sich vor Yashi. »Das mit dem Labor war meine Idee. Und ich werde verhindern, dass Sie das Andenken an meine Tante und … an meinen Onkel weiter durch den Dreck ziehen, nur weil es Ihnen nicht passt, dass die beiden gegen die Erdbohrungen waren.«

»Soso«, sagte Frau von Sittgenstein. »Daher weht also der Wind.«

Der Fahrstuhl ruckelte und blieb stehen. Kurz war es still. Die Beleuchtung flackerte. War der Strom wieder ausgefallen? Waren sie gefangen? Dann ein Scheppern, und der Aufzug setzte sich wieder in Bewegung.

Wie gern hätte Vincent von ihrem Besuch in der inneren Welt erzählt. Davon, dass die Bohrungen der Alpha-Gruppe den Schutzmantel, der diese fremde Galaxie umgab, beschädigt hatten. Davon, dass dadurch Menschen, die Bewohner dieser anderen Welt, gestorben waren. Aber selbst wenn ihnen die Präsidentin von Eden Park und Chefin der Alpha-Gruppe glauben würde, würde sie mit Sicherheit das Falsche tun. Sie würde den Beamer ausprobieren wollen, sie selbst, oder einen ihrer Angestellten dazu auffordern, es zu tun. Sie würde genau wie sie die letzten eingegebenen Koordinaten benutzen und sich ins Innere der Welt beamen. Doch diese Welt, das wurde Vincent jetzt klar, musste geheim bleiben. Niemand durfte wissen, dass es sie gab. Schon gar nicht die Alpha-Gruppe, die nur an ihrem eigenen Wohl und Profit interessiert war und die innere Welt ganz nach ihrem Belieben ausbeuten würde.

»Was ist plötzlich mit euch los?«, wunderte sich Maja von Sittgenstein. »Führt ihr etwas im Schilde?« Sie blickte von einem zum anderen. Der Fahrstuhl blieb erneut einige Sekunden stehen, bevor es weiterging. »Das hier ist kein harmloser Spaß. Eure Familien werden für den Schaden aufkommen. Dafür werde ich sorgen.«

Die Fahrstuhltüren öffneten sich. Die Präsidentin trat ins Freie. »Ich gebe euch noch eine allerletzte Chance, mir zu sagen, was ihr da unten gemacht habt, und meinen Mitarbeitern die Zugangsdaten zu geben.«

Vincent, Yashi und Leonie tauschten Blicke, dann schüttelten sie beinahe gleichzeitig den Kopf.

»Gut. Wie ihr wollt. Dann werden wir wohl auch um eine Anzeige bei der Polizei nicht herumkommen. Und bis auf weiteres seid ihr drei vom Unterricht suspendiert.« Sie zog ihr Handy heraus und tippte hektisch darauf herum. »Und wagt es nicht, die Presse einzuschalten, sonst habt ihr die längste Zeit in Eden Park gelebt!«

ACHTZEHNTES KAPITEL

Der Countdown

Eden Park wurde von einem merkwürdigen Zwielicht erfüllt. Dicke Regenwolken hingen drohend über der Stadt. Der Uhrzeit nach hätte es eigentlich noch hell sein müssen, aber der Himmel schimmerte schwarz, beinahe lila, als würde es gleich dunkel werden. Winzige Mücken zuckten durch die feuchtwarme Luft und krochen in Mund und Nase. Vincent versuchte, keine von ihnen zu töten. Er blickte sich suchend um. Die Stubenfliege war verschwunden. Vielleicht hatte sich Yashi getäuscht. Vielleicht war es nur sein Wunsch gewesen, dass Äsch ihnen gefolgt war.

»So, und jetzt?«, fragte Yashi, nachdem die Präsidentin mit ihren Begleitern verschwunden war. »Was müssen wir jetzt tun? Hat dein Onkel noch irgendwas gesagt?«

»Er kommt nicht mehr zurück«, antwortete Vincent. Erst jetzt wurde ihm bewusst, was das bedeutete: Er würde Cornelius nie wiedersehen. Nie wieder.

»Noch was?«, fragte Yashi.

»Wir sollen den Beamer zerstören.«

»Dafür haben wir jetzt keine Zeit«, sagte Leonie. »Momentan wissen sie nicht, was er ist und wie man ihn benutzt. Wir können das also auch später machen.« Sie tippte auf ihr Handy. Eine neue Seite baute sich auf. »Das Internet ist so lahm, und mein

Akku ist auch gleich alle. Von hier kann ich nichts ausrichten. Wir müssen irgendwie ins Serverzentrum reinkommen.«

»Und wie soll das gehen?«, fragte Yashi. »Sobald die Drohnen wieder fliegen und der Strom wieder komplett funktioniert, werden sie uns auf Schritt und Tritt beobachten.« Er stockte. Die Leuchtreklame der Shopping-Mall hatte sich eingeschaltet. »Und das dauert nicht mehr lange.«

»Das ist aber die einzige Chance, die Energieförderung abzuschalten. Wir können nicht jeden Bohrturm einzeln hacken. Das dauert viel zu lange.«

»Warum willst du sie überhaupt abschalten?«, fragte Yashi.

»Weil, wenn ich das richtig verstanden habe, sie eine der Ursachen dafür sind, dass der Schutzmantel zwischen den Welten zerstört wurde.«

»Sie hat recht«, sagte Vincent. »Damit hat alles begonnen, mit den Bohrungen.«

»Gut, dann los«, sagte Yashi und sprintete zur Tür.

Vincent hatte das Gefühl, schlechter atmen zu können als in der inneren Welt. Aber vielleicht bildete er sich das auch nur ein. Er ertappte sich dabei, wie er die Erlebnisse der letzten Stunden, den Kampf mit dem Zwilling, das Vorspiel, die Reise zur Sonneninsel und die Begegnung mit seinem Onkel als Traum betrachtete. Ja, gerade so, als wäre das alles gar nicht passiert. Vielleicht lag es an der Müdigkeit. Er sehnte sich nach seinem Bett.

»Hey!«, mahnte Yashi. »Nicht schlappmachen.«

»Igitt, diese widerlichen Viecher!«, sagte Leonie, wedelte mit den Händen und spuckte auf den Rasen. »Ist ja eklig.«

»Wie lange haben wir noch?«, fragte Vincent.

»Neunzig Minuten«, antwortete Leonie. Sie blickte auf ihr Handy. »Wir müssen uns beeilen.«

Ein schneller und lauter werdendes Knistern war zu hören. Dann sah man ein Glitzern. Und plötzlich tauchte eine Gestalt vor ihnen auf. Äsch! Er stand leibhaftig vor ihnen, hatte sich wieder in einen Boten zurückverwandelt und streckte sich ausgiebig.

»Meine Güte, ist die schlecht drauf, diese Frau«, sagte Äsch und streckte sich. »Respekt, ihr habt ihr wirklich gut Paroli geboten.«

Leonie blickte ihn erstaunt an. »Wie bist du hierhergekommen? Auch mit dem Beamer? Das wurde gar nicht angezeigt.«

»Wäre zu umständlich gewesen«, sagte Äsch. »Ich hab einfach eine Superposition besetzt und bin auf einer Gamma-Welle gekreuzt, die durch ein Wurmloch geführt hat. Ist nicht schwierig. Tut nur weh, wenn man sich nicht rechtzeigt bückt.« Er fasste sich an den Rücken.

»Aha«, sagte Yashi.

»Das kapiert kein Mensch.« Leonie blickte wieder auf ihr Handy. »Wir müssen los. Wir dürfen keine Zeit verlieren.« Sie eilte ihnen voraus. Yashi sagte, dass die Parkleitung bei Stromausfall eine Ausgangssperre erlassen würde. Tatsächlich waren nur ein paar Putzroboter unterwegs. Das war ihr Glück.

»Das machen sie auch, wenn sie neue Drohnen und Dienstroboter testen. Damit nichts passieren kann. Ist eine Vorschrift. Die meisten Leute halten sich dran, sagt mein Vater.«

Vincent blickte zu Äsch, der mit federnden Schritten neben

ihnen herging. »Geht es dir wirklich wieder gut? Ist das nicht gefährlich für dich, schon wieder in unserer Welt zu sein?«

»Alles okay«, sagte der Bote. »Ich hab wieder genügend Energie.« Er fasste in seine Hosentasche, schob sich eine Handvoll Erdnussflips in den Mund und begann augenblicklich zu schmatzen. »Aber das hier wollte ich auf keinen Fall verpassen«, fügte er hinzu. »Vielleicht kann ich euch helfen.«

»Kann ich kurz nach Hause gehen, zu meinen Eltern?«, fragte Yashi kleinlaut. »Ich will nur, dass sie wissen, warum ich gegen die Regeln verstoßen habe. Jetzt, wo mein Vater entlassen wird.«

»Glaub mir, er wird nicht entlassen«, sagte Leonie. »Das verspreche ich dir. Und wir brauchen dich für die Harmonie, die positiven Wellen und so. Wie auch immer wir das hinkriegen sollen. Wenn ich Eron richtig verstanden habe, ist das ist dein Part, Vincent. Du musst unsere Musik oder nennen wir es besser: unseren *Sound* verstärken. Wie auch immer das gehen soll.«

Vincent war verunsichert. Er hatte keine Ahnung, was genau er tun musste. Er wusste nur, dass sie nicht versagen durften. Vielleicht konnte ihnen Äsch nachher erklären, wie das gehen sollte.

Leonie runzelte die Stirn und blieb stehen. »Moment mal. Yashi, dein Vater hat doch auch eine Zugangsberechtigung zur Serverfarm, oder?«

»Ja, aber das geht über DNA-Scanner. Und er wird uns mit Sicherheit nicht helfen. Vielleicht war die Sittgenstein schon bei ihm.«

»Nein, die hat anderes zu tun.« Leonie überlegte kurz. »Habt ihr Klebeband zu Hause?«

»Ja, natürlich. Aber wozu brauchst du Klebeband?«

»Für den Zugang.« Sie grinste triumphierend. »Weißt du was? Du gehst doch nach Hause – jetzt sofort – und besorgst uns einen Handabdruck von deinem Vater. Gib ihm einfach die Hand oder so. Anschließend klebst du die Innenfläche deiner Hand mit mehreren Streifen Klebeband ab.«

»Aber wir geben uns eigentlich nie die Hand«, sagte Yashi.

»Dann tu es trotzdem. Es ist wichtig.«

»Was soll das bringen?«, fragte Vincent.

»Den Jackpot«, sagte Leonie. »Den Zugang zum Herzstück von Eden Park: der Serverfarm, von der aus alles gesteuert wird.«

»Kapier ich nicht«, sagte Yashi.

»Ich auch nicht«, sagte Äsch.

»Und wenn ich es tue, wie soll ich meinen Eltern das alles erklären? Sie werden sehr enttäuscht sein, dass ich sie angelogen habe. Und mein Vater wird so auf jeden Fall seinen Job verlieren.« Yashi klang verzweifelt.

»Mein Vater wird euch helfen«, sagte Leonie. »Das verspreche ich dir. Er weiß, wie man mit der Sittgenstein umgehen muss. Er kann das alles regeln, aber jetzt müssen wir erst mal die Welt retten. Das hat oberste Priorität. Wir treffen uns in exakt dreißig Minuten vor der Schulverwaltung.«

NEUNZEHNTES KAPITEL

Das Gewitter

Sie standen in Sichtweite zum Verwaltungstrakt der Schule. Im fahlen Schein der Notbeleuchtung erinnerte das kugelförmige Gebäude an ein riesiges Iglu.

Nach exakt dreißig Minuten sahen sie Yashi, wie er die Straße hinauf auf sie zusprintete.

»Hat alles geklappt?«, fragte Leonie und begutachtete Yashis abgeklebte Hand.

Ziemlich außer Atem, berichtete Yashi, wie es ihm geglückt war, seinen Eltern in der knappen Zeit einen Kurzbesuch abzustatten. »Sie wussten von den Tieren! Frau von Silberfuchs ist deswegen entlassen worden, das hat mein Vater durch eine Abstimmungsmail mitbekommen, die die Sittgenstein verschickt hat. Und trotzdem waren sie nicht böse auf mich. Ich bin zu meinem Vater hingegangen und habe mich dafür entschuldigt, dass sie sich wegen mir sorgen mussten. Und ihm die Hand geschüttelt.« Yashi sah sie mit feixendem Blick an. »Erst hat mein Vater gedacht, ich würde ihn veräppeln. Wir seien ja wohl eine moderne japanische Familie, meinte er. Aber dann schienen sie fast sogar ein bisschen stolz.«

»Sehr gut.« Leonie schielte zum Schulgebäude. »Dann los. Wir müssen zuerst in den Bio-Raum«, gab sie Anweisung. »Dort gibt es einen DNA-Scanner, mit dem lässt sich eine brauchbare Kopie des Handabdrucks anfertigen und vervielfältigen. Es genügt ein winziges Hautschüppchen von deinem Vater, um die Sperre zu überlisten.« Sie lächelte und warf einen Blick auf das Klebeband an Yashis Hand. »Da ist bestimmt was dabei.«

»Und du bist sicher, dass das funktioniert?«, fragte Vincent.

»Wenn der Herr einen besseren Vorschlag hat: bitte. Aber die Serverfarm ist mit Stahlbeton und allerhand Sensoren geschützt. Wenn ihr, du und Äsch, dort durch die Wände geht, würden sie das auf jeden Fall mitkriegen und den Alarm auslösen. Es ist also die einzige Möglichkeit.«

»Warte.« Vincent zog das Stoffsäckchen aus seiner Jacke, das ihm sein Onkel gegeben hatte. Von dem Säckchen ging ein intensiver Kräuterduft aus. Er blickte zu Äsch. »Könnte es sein, dass die Pflanzen der inneren Welt mehr können als bei uns? Eron hat doch gesagt, dass sie alles zusammenhalten.«

»Das war mehr so metaphorisch gemeint, glaube ich«, murmelte Äsch vor sich hin. »Im übertragenen Sinne.«

»Was ist denn in dem Säckchen?«, fragte Leonie. »Sag bloß, da sind irgendwelche Kräuter-Cracker drin? Ich hab ziemlich Hunger. Ein kleiner Snack könnte nicht schaden.«

Äsch bewegte die Nasenflügel. »Das sind Blumensamen. Springsamen, wenn mich meine Nase nicht täuscht. Echte, wertvolle Springsamen.« Er schüttelte verwundert den Kopf. »Hast du sie etwa gestohlen? Hast du sie Eron weggenommen?«

»Nein, natürlich nicht«, sagte Vincent. »Mein Onkel hat sie mir vorhin gegeben.«

»Das ist allerhand. Wirklich allerhand. Die Ausfuhr in andere Welten ist strengstens verboten. Strengstens.«

»Er hat gesagt, ich soll sie aussäen. So bald wie möglich.«

»Seltsam.« Äsch zog die Stirn in Falten. »Diese Samen wachsen sehr schnell. Schneller als der schnellste Bambus auf eurer Erde. Selbst bei uns kann man damit kahle Flächen im Nu begrünen. Vorausgesetzt, es gibt Wasser und Licht.«

»Wir brauchen jetzt keine Monsterpflanzen«, sagte Leonie ungeduldig. »Sondern Zugang zum Serverzentrum, um die Bohrtürme abzuschalten. So ist der Plan. Also lasst uns keine Zeit verlieren.«

Sie traten aus dem Schatten des Terminalhäuschens hinaus auf die Straße. Der Wind trug die ersten Regentropfen zu ihnen herüber. In der Ferne leuchtete der Himmel auf. Donnergrollen war leise zu hören. Es war nur noch eine Frage von Minuten, bis das Gewitter bei ihnen war.

Vor ihnen stand einer der neuen, breitschultrigen Putzroboter und fegte lustlos auf der Stelle, als hätte er eine Programmstörung. Er drehte sich zu ihnen um und sagte mit kraftloser Stimme: »Ich hoffe, das ist zu Ihrer Zufriedenheit. Wollen Sie mich jetzt bewerten, dann aktivieren sie bitte die Clean-Park-App. Ein Service der Alpha-Gruppe. Wir sind das schönste Leben.« Bei den letzten Worten schraubte sich die Stimme des Roboters nach oben, bis sie verstummte und die Lichter an der Besenvorrichtung erloschen.

»Leonie, warte.« Vincent hielt sie an der Schulter zurück. »Äsch, welche Aufgaben haben die Pflanzen in der inneren Welt?«

»Sauerstoffversorgung, die Luft zu reinigen, also die gleichen wie bei euch. Sie werden aber auch für die innere Kommunikation benutzt. Ferngespräche und so. Wellenübertragung. Das, was ihr mit euren veralteten Handys macht. Soweit ich weiß, können Farne und Wurzeln auch Musik übertragen. Deshalb haben die Blätter bei eurem Konzert geleuchtet und geraschelt. Das war der Grund.«

»Und was soll uns das jetzt bringen?«, seufzte Leonie. »Wir haben leider nicht die Zeit, so lange zu warten, bis hier Pflanzen hochwachsen. Das dauert möglicherweise ein bisschen zu lange.«

»Das glaube ich nicht.« Vincent öffnete das Säckchen, nahm eine Handvoll Samen heraus und warf sie auf die Wiese. Fast zeitgleich setzte ein Regenschauer ein. Nichts passierte.

»Wow. Tolle Nummer. Ich höre sie schon wachsen.« Leonie schüttelte den Kopf. »Danke für die eindrucksvolle Demonstration. Aber können wir uns jetzt bitte erst mal um den DNA-Scanner kümmern?« Sie zog sich die Kapuze ihrer Jacke über den Kopf und eilte im Laufschritt zum Eingang der Schule.

»Vielleicht war das die Idee deines Onkels«, sagte Äsch. »Vielleicht dachte er, dass ihr mit den Pflanzen aus der inneren Welt die Harmonie verstärken könnt.«

»Aber Leonie hat recht, es funktioniert nicht«, sagte Vincent. »Sie wachsen nicht. Vielleicht brauchen sie doch andere Voraussetzungen.«

»Streut noch ein paar Samen aus, sofort. Yashi, du auch«, sagte Äsch. »Ich hab eine Idee.«

Ein greller Blitz zerriss die Dunkelheit. Es sah aus, als wäre er in einen der hohen Bohrtürme vor dem Eingang zu Eden Park eingeschlagen. Der Donner ließ den Boden zittern. Yashi griff ebenfalls in den Beutel, rannte auf die Wiese und schleuderte die Samen von sich. Vincent tat das Gleiche. Unterdessen war Äsch in die Mitte der Wiese gelaufen, wo er nun angestrengt in den schwarzen Himmel blickte, als würde er irgendwas suchen. Dann ging er tief in die Knie und sprang in die Luft. Dieser Sprung war wirklich beachtlich, weil sich der Bote aus dem Stand mindestens hundert Meter nach oben katapultierte. Im Flug streckte er einen Arm aus wie Superman. Auf den Donner folgte ein weiterer Blitz, und dieser Blitz schoss waagerecht über den Park, direkt ins Äschs Richtung.

»ACHTUNG!«, brüllte Yashi. »Ein Blitz!« Er warf sich auf den Boden und riss Vincent mit sich. Eine Hitzewelle jagte über sie hinweg. Dann wieder ein gewaltiger Donnerschlag. Vincent hob den Kopf und sah gezackte blaue Lichtblitze, die sich kreuz und quer über den Rasen fortsetzten. Irgendwo knallte es. Der nächste Blitz war so nah, dass sich bei Yashi die Haare aufstellten. Vincent sprang auf. Yashi tat dasselbe. Sie rannten zu Leonie, die, den Mund zu einem stummen Schrei geöffnet, vor dem

> Solche Sprünge, auch Mammutsprünge genannt, dürfen Boten eigentlich nur in ihrer Welt machen. Aber auch ein Superbote sehnt sich in seinem tiefsten Innern manchmal nach Aufmerksamkeit und Beachtung. Und auf Menschen hat so ein Sprung eine große Wirkung, obwohl verhältnismäßig Bettflöhe dieselbe Leistung vollbringen. Aber das sieht eben keiner, weil sie zu klein sind.

Haupteingang stand. Ein weiterer Blitz. Und noch einer. Ihre fliegenden Schatten wurden riesenhaft gegen die gläserne Halbkugel der Schulverwaltung geworfen.

»Ist Äsch jetzt verrückt geworden?«, fragte Leonie. »Was tut er da? Ist das ein Spiel? Will er uns zeigen, dass er Blitze umleiten kann? Oder braucht er die Energie?«

»Ich hab keine Ahnung.« Vincent kriegte den Mund nicht mehr zu. Äsch hing in der Luft. Zwischen Himmel und Erde. Es sah aus, als würde er Blitze aus den Wolken ziehen und in den Boden umleiten, wo die Pflanzensamen wie Streubomben explodierten und innerhalb von Sekunden Büsche, Blumen, Gräser und sogar Bäume sprießen ließen. Das Knallen erinnerte an ein Feuerwerk.

»Er zaubert!«, sagte Yashi mit weit aufgerissenen Augen und zeigte zu einem Baum, der wie im Zeitraffer neben dem Basketballfeld in die Höhe schoss. Innerhalb weniger Minuten hatte sich der nördliche Teil des Schulgeländes in eine grüne Oase verwandelt. Einen meterhohen Urwald mit exotischen Gewächsen.

»Okay«, sagte Leonie. »Ich hab zwar noch keine Ahnung, wie uns das helfen soll, aber es ist wirklich krass.« Sie zog eine Plastikklammer aus ihren Haaren, löste die Scheibe vom Scanner neben der Eingangstür und zog mehrere Kabel heraus. »Wir müssen weiter.«

»Ich dachte, der Strom und das Internet sind ausgefallen«, sagte Yashi. »Was soll das bringen?«

»Die Sicherheitssysteme der Hauptgebäude laufen unabhängig. Das haben sie erst neulich nach dem Hackerangriff geändert. Muss man nur kurzschließen.« Ein Brummen, und die Türen schwangen nach innen. »Darf ich bitten.«

Sie brauchten einige Minuten, bis sie den Trakt mit den Naturwissenschaften erreicht hatten. Äsch war wieder bei ihnen. Er war erschöpft, aber zufrieden und erklärte, dass die Pflanzen eventuell auch die Schwerelosigkeit mindern könnten, wenn es so weit war. »Das hab ich mal irgendwann im Handbuch für intergalaktische Pflanzenkunde gelesen. Dass ihre Wurzeln magnetische Störungen und Schwerkraft-Polarisationen ausgleichen können.«

»Auf jeden Fall ist die Alpha-Gruppe jetzt abgelenkt«, sagte Yashi.

Von draußen hörte man Geräusche. Stimmengewirr. Das Fauchen von Transportdrohnen. Das Stampfen von Robotern. Die Lichtkegel von Suchstrahlern und Taschenlampen huschten an den ovalen Fenstern der Verbindungsröhren vorbei. Sie mussten gebückt weitergehen. Wenn dieser Urwald in der Geschwindigkeit weiterwuchs, brauchten sie später Macheten, um sich zum Serverzentrum auf der anderen Seite von Eden Park durchzukämpfen.

> Was nicht der Wahrheit entsprach, denn die Idee stammte aus einem schlechten Fantasy-Roman, der sich sage und schreibe exakt fünfmal in allen Galaxien verkauft hatte. Den Autor hatte man später wegen Betrugs zu einem Jahr Schönschrift-auf-Papier verdonnert (die Höchststrafe), weil er die Leser mit so einem Blödsinn unterhalten wollte.

»Mist«, sagte Leonie, als sie den Biologieraum gefunden hatten. »Das hätte ich mir ja denken können. Die Apparate und 3-D-Drucker laufen nur über die Hauptstromleitung …«

»… die nicht funktioniert«, ergänzte Yashi.

»Und was sollen wir jetzt machen?«, fragte Vincent. »Bist du sicher, dass wir die Bohrtürme abschalten müssen? Reicht es nicht, wenn wir genügend positive Wellen erzeugen? Was sagst du, Äsch? Genügt das denn nicht? Können wir nicht einfach damit anfangen und schauen, was passiert?«

Der Superbote kräuselte nachdenklich die Nase. »Angenommen, sie schaffen es, den Schutzmantel zu reparieren. Dann wird er nicht lange halten, wenn die Bohrungen weiterlaufen. Sie saugen die Energie ja aus unserer Schutzatmosphäre.«

»Und bei dem Lärm wird auch keiner irgendwelche Musik hören«, sagte Yashi. »Was sollen wir also tun?«

»Den DNA-Scanner mitnehmen«, sagte Leonie und klemmte sich das flache Gerät unter den Arm.

»Wir können durch den Schacht vom Teilchenbeschleuniger gehen«, schlug Vincent vor. »Der grenzt mit der Südseite an das Serverzentrum.«

»Den Aufzug können wir aber nicht nehmen«, widersprach ihm Yashi. »Selbst wenn er mit der Notversorgung läuft, ist das zu gefährlich.«

»Dann gehen wir eben durchs Treppenhaus«, sagte Leonie. »Ihr gebt doch immer so mit eurer Kondition an.«

VIERTER TEIL

ZWANZIGSTES KAPITEL

Tunneln hoch zwei

Sie hatten es nach unten geschafft. Neun Stockwerke. Vierzig Meter unter der Erde. Erschöpft liefen sie durch den Schacht des Teilchenbeschleunigers, vorbei an dicken Rohrleitungen und Kabelsträngen. Äsch war außer Atem. Er schlurfte erschöpft hinter ihnen her und redete kein Wort. Die Augen halb geöffnet, als würde er jeden Moment umkippen. Wahrscheinlich hatte ihn das Umleiten der Blitze mehr Kraft gekostet, als er zugab.

Vincents T-Shirt klebte ihm auf der Haut. Selbst hier unten war die Luft warm und stickig. Anders als beim letzten Mal, als der Teilchenbeschleuniger aktiviert gewesen war und die Kühlaggregate die Temperatur im Tunnel auf unter fünfzehn Grad hielten. Die Markierungen auf dem Boden zeigten an, dass sie etwa die Hälfte des Weges zum Serverzentrum geschafft hatten. Plötzlich war bei Vincent die Erinnerung wieder da. Erst vor zwei Tagen waren sie schon mal hier unten gewesen. Doch dieses Mal waren die Rohre nicht gefroren. Es war auch nicht so kalt. Keine Roboter-Bienen, die an den Elektromagneten festklebten und aussahen, als würden sie um ihr Leben kämpfen.

»Weiter«, sagte Yashi.

Hier unten waren Cornelius und seine Tante also mit ihren Experimenten auf die Existenz der inneren Welt gestoßen, indem sie Atome mit riesiger Energie aufeinandergeschossen hatten. So hatte es Leonie vorhin erklärt. Wie die innere Welt aussehen mochte, hatten sie damals nicht ahnen können. Wie anders und gleichzeitig atemberaubend sie war. Wenn sie das hier heil überstanden hatten, wollte Vincent unbedingt alles über die Forschungen herausfinden. Er hätte Cornelius mit Fragen löchern sollen und nicht nur Kreuzworträtsel mit ihm lösen. Vielleicht hätte er dann auch früher mit der Wahrheit über seine Allergie rausgerückt. Aber das ließ sich jetzt nicht mehr ändern. Und wer weiß, vielleicht war es gut, dass sie den Beamer nicht zerstört hatten. Vielleicht bestand ja doch die Chance, seinen Onkel eines Tages wiederzusehen.

»Hört ihr das auch?«, fragte Leonie und blieb stehen. Sie standen in schummrigem Licht. Alle zwanzig Meter eine Lampe. Sie setzten den Scanner vorsichtig ab. Über ihnen knackte, knirschte und knisterte es. Beton rieselte von der Decke. Direkt neben einer dicken Stromleitung bildete sich vor ihren Augen ein langer Riss, der sich in einer scharfen Zickzacklinie quer über die Wand zog.

»Vielleicht war es doch ein Fehler, diesen Weg zu nehmen«, sagte Yashi. »Bei einem Erdbeben kommen wir hier nicht mehr raus. Und keiner weiß, dass wir hier sind.«

»Das ist kein Erdbeben«, sagte Äsch. »Das sind die Pflanzen. Sie suchen sich ihren Weg. Sie wollen sich verankern. Hätte nicht gedacht, dass sie bei euch so schnell wachsen.« Er deutete zu einem breiteren Riss in der Decke, durch den sich die Spitze einer Wurzel ins Freie schlängelte, als sei sie ein Lebewesen. Beinahe sah es aus, als würde ein Tintenfisch seine Tentakel durch den Beton stoßen. Feuchte Erde fiel auf den Boden. Es roch modrig.

»Können die Wurzeln alles zerstören?«, fragte Vincent.

»Kommt drauf an, wie stark die Samen sind, die dir dein Onkel gegeben hat«, sagte Äsch. »Je höher der sichtbare Teil an der Oberfläche, desto tiefer gräbt sich die Wurzel in den Boden.«

»Klar«, sagte Leonie und wich einer langen Wurzel aus, die sich vor ihnen in den Schacht herunterließ und die Halterung einer Lampe in den Würgegriff nahm. »Ein bisschen gruselig ist das schon. Sicher, dass die Wurzeln keine Menschen anfallen?« Sie zwängte sich an der Wand entlang. »Bleib schön da unten, du kleines Monster. Ich werde dir nichts tun.«

»Ziemlich sicher«, sagte Äsch. »Im Handbuch für Superboten Pi minus 1 sind meines Wissens keine Fälle dokumentiert, in denen eine Pflanze, deren Wurzeln oder Früchte ein Tier oder ein anderes größeres Lebewesen angefallen hat. Ist eigentlich nur umgekehrt der Fall.«

»Na dann können wir ja beruhigt sein.« Leonie blickte auf ihr Handy. »Wir sollten schneller gehen. Ich schätze mal, uns bleiben noch etwa siebzig Minuten. Dann müsste überall im Park die Schwerelosigkeit einsetzen.«

»Woher willst du das wissen?«, fragte Yashi.

»Sieh selbst.« Sie hielt Vincent und Yashi ihr Handy hin. »Das ist der Computer deines Onkels, ich bin durch ein Hintertürchen im Intranet mit seinen Messstationen verbunden. Wenn ich das richtig kapiere, bedeuten die roten Zahlen da unten, dass die Schwerkraft immer weiter nachlässt. Sobald die Zahl bei null ist, müssten wir theoretisch schweben. Wenn ich das richtig kapiere.«

»Aber sie haben doch gesagt, dass wir einen Tag Aufschub bekommen«, wunderte sich Vincent. »Deshalb gab es doch die Abstimmung mit den weißen Vögeln.«

»Das ändert aber nichts daran, dass sich die Werte verändern«, beharrte Leonie und blickte fragend zu Äsch.

»Vermutlich sind die Wellenstürme stärker als erwartet«, sagte der Bote. »Dann bleibt ihnen keine andere Wahl, als den Exit vorzuziehen. Oder es sind weitere Löcher im Schutzschirm entstanden. Das verändert die Prognose.«

»Aber sie haben uns doch versprochen zu warten?«, sagte Vincent verzweifelt.

Äsch blickte ihn entschuldigend an. »Sie haben keine andere Wahl. Sie müssen sich schützen, wenn die Wellen zu stark werden.«

»Warum hat die Präsidentin das nicht *genau* so gesagt?«, fragte Leonie.

»Weil sie an euch glaubt«, antwortete Äsch. »Und das tu ich auch.«

Yashi schielte auf Leonies Handy. »Wie kommst du überhaupt darauf, dass das so schnell geht? Der Balken da ist doch noch ziemlich hoch.«

»Hab ich beobachtet«, sagte Leonie. »Zeit und Größe in den letzten fünf Minuten verglichen und im Kopf überschlagen, wie lange wir noch haben. Das ist das Ergebnis: siebzig Minuten, plus minus zwei. Dann beginnt die Schwerelosigkeit.«

»Okay, okay«, sagte Yashi. »Das heißt aber auch, dass wir keine Zeit haben, erst wieder alle Stockwerke nach oben zu gehen, eine Starkstromleitung zu finden und mit dem DNA-Abdruck meines Vaters durch den Haupteingang zu marschieren, wenn *ich* das richtig im Kopf *überschlage*.«

Leonie biss sich auf die Unterlippe. »Da ist was dran.«

»Und was jetzt?«

»Wenn ich mich nicht täusche, müsste das Serverzentrum direkt an diese Wand hier grenzen«, sagte Leonie. »Planänderung! Für den Haupteingang bleibt keine Zeit.«

»Dann hätte ich mir den Besuch bei meinen Eltern also sparen können«, schnaubte Yashi. »Super.«

»Ich dachte, du wolltest da hin!«, giftete Leonie zurück. »Und du hast gesagt, dass sie stolz waren. Also musst du jetzt nicht so ein Gesicht ziehen. Da hast du's. Bin ich eben doch nicht so schlau! Also weiter.«

»Aber –«

»Könntet ihr euch bitte zusammenreißen!«, mischte sich Vincent ein. »*Wir* werden uns da reinbringen. Äsch und ich. Wir werden tunneln. Äsch, geht es wieder bei dir?«

Äsch stopfte sich eine Handvoll Erdnussflips in den Mund. »Bin gleich so weit«, sagte er schmatzend. Seine Augen weiteten sich zufrieden.

»Und was ist mit dem Alarm?«, fragte Yashi. »Ich dachte, die Wände sind so gut gesichert.«

»Das müssen wir in Kauf nehmen. Nichts ist jetzt wichtiger, als schnell genug zu sein. Zur Not müssen wir uns eben verteidigen«, sagte Vincent entschlossen. »Äsch, kannst du kämpfen?«

»Ob ich … ob ich kämpfen kann? Mit Fäusten und so?«

»Auch mit Blitzen, wenn das leichter ist.«

»Das müsste ich ausprobieren.« Äsch boxte in die Luft, was alles andere als geübt aussah. »Als Superbote gehören Kampfkünste nicht zur Ausbildung.«

»Das genügt«, sagte Vincent und hielt Äschs Hände fest. »Wenn wir drüben sind, müssen wir Leonie so lange abschirmen, bis sie das mit der Software hingekriegt hat. Egal wie. Und wenn wir uns mit den Wachen prügeln.«

Ein Krachen ließ sie zusammenfahren. Hinter ihnen war ein großer Brocken Stahlbeton aus der Wand herausgebrochen und versperrte ihnen den Rückweg. Die Wurzeln, die durch das Loch ragten, waren dick wie Baumstämme.

»Okay. Beeilung!«, sagte Leonie. Sie blickte Vincent fragend an. »Wer nimmt wen huckepack?«

»Das dauert zu lange«, sagte Äsch. Er schluckte die letzten Brösel hinunter und straffte den Rücken. »Wir machen es diesmal anders. Vincent, wir werden unsere Energie doppeln. Ein doppelter Quantentanz. Dadurch müsste sich ein Doppelspalt öffnen.«

»Was muss ich dafür tun?«

»Mit mir, beziehungsweise synchron zu mir, tanzen«, sagte Äsch. »Ohne einen Fehler, sonst …« Er redete nicht weiter.

»Mit uns beiden auf dem Rücken?«, fragte Leonie. »Ist das nicht zu schwierig?«

»Der Spalt wird groß genug sein, dass ihr beide, du und Yashi, selber durchspringen könnt. Ihr dürft nur nicht zögern. Auf keinen Fall zögern. Die Wand schließt sich sehr schnell.«

»Yashi, du könntest uns den Rhythmus vorgeben«, sagte Vincent. »Damit wir synchron tanzen.«

»Ich kann's versuchen.« Yashi begann mit dem Kopf im Takt zu nicken.

»Okay«, sagte Vincent. »Ich zähle einen Takt vor. Auf die Eins beginnen wir mit dem ersten Schritt. Linker Fuß zuerst, oder?«

»Genau«, sagte Äsch. »Das schaffen wir.«

Yashi hatte den Beat gefunden. »Bum – da, bum – bum – da. Bum – da, bum – bum – da«, kam es in Endlosschleife aus seinem Mund. Er nickte Vincent zu, der laut zu zählen begann. »Eins, zwei, drei, vier. Eins …«

Fast gleichzeitig machten Äsch und Vincent den ersten Schritt. Sie tanzen in einem Meter Abstand nebeneinander. Es dauerte ein paar Durchgänge, bis sie völlig synchron waren, dann begann die Betonwand zu flimmern. Wie eine Luftspiegelung über heißem Asphalt. Plötzlich war ihr Spiegelbild zu sehen. Vincent zögerte einen winzigen Moment, aus Angst, sein Zwilling könnte wieder erscheinen. Dieser Moment genügte, um Äsch aus dem Takt zu bringen. Das Flimmern verschwand, und sie mussten noch einmal von vorne beginnen. Nach einigen Wiederholungen erschien die Spiegelung erneut. Jetzt etwas intensiver. Vincent konnte aufatmen. Er sah nur sich selbst, sein Gesicht, wie es wirklich war. Keine böse Fratze. Äsch, Leonie und Yashi wie verzerrte Hologramme daneben. Yashi beschleunigte den Rhythmus. Er schien zu spüren, dass der Tanz noch schneller sein musste. Vincent und Äsch folgten seinem Beat. Ihre Füße wischten in atemberaubender Geschwindigkeit über den Boden. Schweiß rann ihnen über das Gesicht. Und dann passierte es endlich: Die Wand löste sich auf. Blaue Blitze zuckten um sie herum. Ein lauter werdendes Klicken hallte von allen Seiten wider. Zwei Spalte kamen zum Vorschein. Sie waren gerade breit genug, dass man sich seitlich hindurchzwängen konnte. Vincent sah aus dem Augenwinkel, wie Leonie an ihm vorbeischlich.

»Ihr müsst durchspringen!«, rief Äsch mit krächzender Stimme. »Nicht zögern. Auf keinen Fall zögern.«

Leonie nahm drei Schritte Anlauf, stieß sich vom Boden ab, drehte sich in der Luft um neunzig Grad und schoss mit der Schulter voraus durch den linken Spalt. Weiße Blitze hüllten ihren fliegenden Körper ein. Dann kam Yashi. Er brach vor dem ersten Versuch ab.

»Mach schon!«, brüllte Vincent, während seine Füße unter ihm weitertanzten. Yashi spurtete an ihm vorbei und sprang durch den Spalt. Wieder die weißen Blitze.

»Und jetzt du, Vincent«, sagte Äsch mit keuchendem Atem. »Beeil dich. Der Doppelspalt bricht gleich zusammen.«

Vincent nahm den Schwung der Tanzbewegung, stieß sich vom Boden ab und tauchte, die Hände voraus, in den flirrenden Spalt der Betonwand ein. Im Flug machte er Kraulbewegungen mit den Armen, krachte auf der anderen Seite auf den Boden, überschlug sich und prallte gegen Leonies Beine. Kaum hatte er sich aufgerappelt, kam auch schon Äsch durch den Spalt geschossen und wurde von Yashi aufgefangen, der gegen die graue Schrankwand stieß, die laut schepperte. Der Doppelspalt in der Wand schloss sich mit einem Geräusch, das sich anhörte, als würde man Papier durchreißen. Dann übernahm das gleichmäßig laute Rauschen der Lüftung wieder die Hoheit. Zu ihrer Überraschung blieb der Alarm stumm.

»Die Schrankreihe da hinten«, sagte Leonie und deutete auf einen Übersichtsplan, der an einem der gläsernen Schranktüren befestigt war. Dahinter blinkten Reihen mit roten und grünen Lämpchen. »Da müsste es ein Interface geben, über das ich reinkomme.« Sie marschierte los.

Die Luft hier drin war so trocken, dass Vincent husten musste. Stimmen waren zu hören. Das Sicherheitspersonal! Vielleicht hatten sie einen stillen Alarm ausgelöst und wurden nun von allen Seiten eingekreist.

»Weißt du, wie viel Kohle hier pro Stunde erzeugt wird?«, sagte eine dumpfe Männerstimme.

»Fünfzig EdenCoins?«, sagte eine Frau.

»Fünfhundert!«, sagte der Mann. »Ein Bekannter von mir ist damit reich geworden. Ist zur richtigen Zeit eingestiegen. Selbst wenn sie wie jetzt nur auf Notstrom laufen, sind es fünfhundert pro Stunde. Das ist unglaublich.«

»Und dann schaffen sie es nicht mal, genügend Personal einzustellen«, sagte die Frau. »Also selbst wenn ich es mir leisten könnte, ich wollte in dieser Stadt nicht wohnen. Ich glaub, die

Leute wissen gar nicht mehr, was es heißt, für sein Geld richtig zu arbeiten.«

Vincent spähte an einer der Schrankreihen vorbei in einen langen Korridor mit noch mehr Servern. Die Lüftung über ihm blies kalte Luft in den Raum. Auf seinen Armen bildete sich Gänsehaut.

»Was sollen wir tun?«, fragte Yashi im Flüsterton. »Wenn sie uns erwischen, sind wir aufgeschmissen.«

Vincent blickte zu einer halb aufgerollten Kabeltrommel, die vor einem geöffneten Schrank lag. »Wir müssen sie gefangen nehmen. Das ist die einzige Möglichkeit.«

»Und wie?«, fragte Yashi. »Äsch, kannst du das nicht übernehmen?«

»Ich?« Äsch schüttelte den Kopf. »Das gehört nicht zu meinen Aufgaben. Ich hab's mir überlegt. Ich verabscheue Gewalt. Boxen und Treten und so.«

»Könntest du sie dann wenigstens ablenken?«, fragte Vincent genervt. »Wir machen den Rest.«

»Und wie?«

»Tanz ihnen was vor«, sagte Leonie. »Das sieht lustig aus. Ruder mit den Armen wie vorhin.«

»Das sollte cool sein«, sagte Äsch mit gespielter Empörung. »Nicht lustig.«

»Okay. Lenk sie einfach ab. Wie auch immer du das machen willst.«

Äsch sprang zwischen den Schränken hervor und vollführte eine Art Moonwalk. Er glitt mit den Füßen rückwärts über den

Boden und machte Schlangenbewegungen mit den Armen, die aussahen, als würde er sich nach vorne ziehen. Die Sicherheitsbeamten waren so überrascht von seinem Auftritt, dass sie ein paar Sekunden brauchten, bis sie reagierten.

»Was haben Sie hier verloren?«, fragte die Frau mit strenger Stimme.

»Ich … ich … also verloren hab ich gar nichts.« Äsch lachte laut auf. Was hatte er bloß vor? Sich dumm stellen?

»Wie sind Sie hier reingekommen?«, fragte der Mann. »Darf ich Ihre Akkreditierung sehen?«

»Hab ich nicht«, sagte Äsch. »Brauch ich nicht. Ich bin hier, und das genügt.«

Der Mann tauschte Blicke mit seiner irritierten Kollegin. Sie legte ihre Hand über einen länglichen Gürtelhalfter. Wahrscheinlich befand sich darin ein Elektroschocker oder ein Abwehrspray. Andere Waffen durfte das Wachpersonal in Eden Park ja nicht tragen. Sie wollte auf Äsch zugehen, doch ihr Kollege hielt sie am Arm fest und schüttelte den Kopf.

»Sind Sie nicht Dirk Pfeffertal?«, sagte der Mann freundlich.

»Ähm«, sagte Äsch. Sein Gesicht unentschlossen. »Für meine Freunde bin ich Dirki.« Äsch nahm Anlauf und schlitterte auf die beiden Sicherheitsbeamten zu. Dann schüttelte er ihnen die Hände. »Angenehm«, sagte er. »Sehr angenehm.«

Die Frau nahm ihre Hand wieder vom Halfter.

»Ich komme aus Betwedew. Bin nur zu Besuch hier. Um mal nach dem Rechten zu sehen. Jetzt, wo in Teilen des Parks der

Strom ausgefallen ist. Sind ja wichtige Daten und so, die Sie hier bewachen.«

Vincent, Leonie und Yashi trauten ihren Ohren kaum. Sie tauschten Blicke. Was passierte da gerade? Warum verhielten sich die Sicherheitsleute so merkwürdig?

»Wollen Sie noch ein bisschen alleine hierbleiben, Herr Pfeffertal? Oder sollen wir Sie begleiten?«

»Nein, nein, nicht nötig. Keine Umstände. Nicht meinetwegen. Sie können gerne gehen. Danke für Ihre hervorragende Arbeit. Ich werde Ihnen später eine gute Bewertung zukommen lassen. Fünf Sterne.«

»Das ist doch nicht nötig«, sagte die Frau. »Es war uns eine Ehre. Sie einmal persönlich kennenzulernen.«

»Ganz meinerseits«, sagte Äsch.

Die beiden Sicherheitsbeamten verließen den Serverraum. Sofort gingen Vincent, Yashi und Leonie zu Äsch.

»Krass«, sagte Yashi. »Die haben dich tatsächlich für den reichsten Mann der Welt gehalten. Echt cool, dass keiner weiß, wie der Gründer von Alpha-Net wirklich aussieht. Gibt im Netz tausend unterschiedliche Bilder von ihm. Viele sagen, dass er ziemlich durchgeknallt ist.« Er klopfte Äsch auf die Schulter. »Das hast du super gemacht.«

»Danke«, sagte Äsch. »Improvisation ist meine Spezialität, und übrigens: Dirk Pfeffertal gibt es nicht. Er ist nur ein Computerprogramm. Auch das steht im Handbuch für Superboten.«

»Woher wollt ihr das wissen?«, fragte Leonie.

»Das wissen bei uns alle. Ihr Menschen braucht eben immer etwas länger, um das Offensichtliche zu verstehen.«

Leonie fand ein Kabel. Ohne das passende Netzteil war es jedoch unmöglich, ihr Handy aufzuladen. Äsch überlegte kurz, dann verschwand er noch mal durch die Wand und kehrte mit ein paar Wurzeln zurück.

»Was soll das jetzt werden?«, fragte Yashi. »Willst du einen Baum pflanzen?«

»Nein. Die Wurzeln können Elektrizität leiten und verstärken. Das ist zwar nicht gut für sie, aber in diesem Fall bleibt uns keine andere Wahl, als dieses Opfer zu bringen. Leonie, dein Handy bitte.«

Leonie reichte ihm skeptisch ihr Handy. »Und das soll funktionieren?«

»Es *kann* funktionieren.« Äsch band die abgerissenen Wurzelstränge um das Gehäuse. »Eine Wahrscheinlichkeit. Etwas Besseres fällt mir auf die Schnelle nicht ein.« Er nahm die Wurzelenden, schob sie in eine der Buchsen und tanzte plötzlich wie verrückt auf der Stelle. »Aua, aua, aua!« Das Handy sah aus, als würde es glühen.

»Was ist?«, fragte Vincent und langte nach ihm. Äsch zuckte zurück. »Nicht anfassen, ich steh unter Wechselstrom.«

»Das wird das Handy nicht überleben«, sagte Yashi und verzog das Gesicht.

»Doch, wird es«, widersprach Äsch und warf es ihm zu.

»Das ging ja wahnsinnig schnell«, sagte Leonie. »Krass. Das ist echt krass.« Der Akku war wieder halbvoll. Sofort schaltete sie das Handy ein und verband es über ein dünnes Kabel mit dem Zugangscomputer des Serverzentrums. Ihre Augen huschten über endlose Programmzeilen. Sie öffnete verschiedene Fenster. Ihre Miene wurde dabei immer ernster.

»Was ist?«, fragte Yashi. »Kriegst du es hin? Bekommst du einen Zugang?«

Leonie stieß geräuschvoll Luft aus. »Das ist komplizierter als gedacht. Zwar hat mein Krypto-Programm den Zugang geknackt, aber jetzt gibt es ziemlich viele Möglichkeiten. Ich bräuchte eine Woche, um das zu kapieren.«

»Du kannst die Bohrtürme also nicht abschalten?«

»Doch.«

»Worauf wartest du dann noch?«, wunderte sich Vincent.

»Das geht nur, wenn ich das komplette System zum Absturz bringe und einen Virus aufspiele, der beim automatischen Reset alle Dateien überschreibt.«

»Alle Dateien?«, fragte Äsch.

»Dann wäre Eden Park blind und taub. Alle Bewertungen und Profile der Bewohner wären gelöscht. Alle Schulnoten. Einfach alles. Das wäre das totale Chaos.«

»Und das Geld?«, fragte Yashi.

»Das wäre auch weg«, sagte Leonie. »Kann sein, dass sämtliche Clouds, auch außerhalb von Eden Park, zerstört werden.«

»Okay«, sagte Yashi. »Du löschst jetzt aber nicht das ganze Internet?«

Leonie lächelte. »Nein.«

Äsch ermahnte sie. »Nun aber schnell. Wenn ihr die Schwerelosigkeit verhindern wollt, müsst ihr Harmonie erzeugen – rechtzeitig. Die Wellen beginnen bereits, sich gegenseitig auszulöschen. Sobald die Erde aufreißt, ist es zu spät. Dann ist der Damm gebrochen.«

»Uns bleiben noch vierzig Minuten«, sagte Leonie und holte tief Luft. Dann setzte sie den blinkenden Cursor auf eine neue Befehlszeile und gab einen Code ein. Ein Fortschrittsbalken erschien. Darunter eine endlose Zahlenkolonne und ein roter Button.

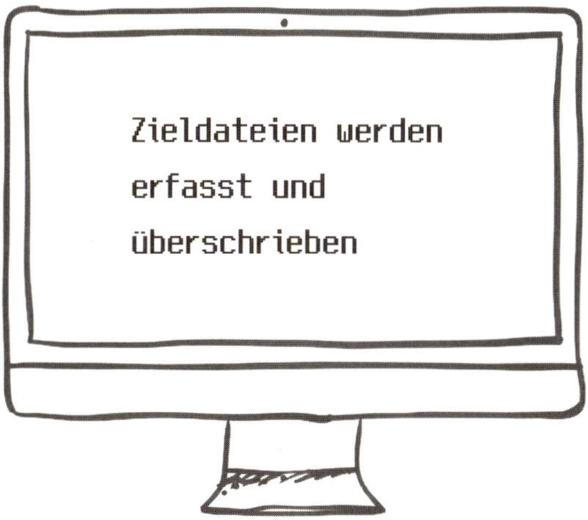

»Und los!«, sagte Leonie und drückte auf den Button. Dann zog sie das Kabel aus dem Handy. »Jetzt gibt es kein Zurück mehr. Ab hier müsst ihr übernehmen. Ich hab meinen Job gemacht.«

»Aber wie kommen wir jetzt raus?«, fragte Yashi.

»Durch die Türen«, sagte Leonie. »Es gibt keine Sperren mehr. Alles ist offen.«

Die Schleusen öffneten sich von selbst, kaum dass die Bewegungsmelder und Kameras sie erfasst hatten. Kein Alarm. Hinter ihnen verstummte das Rauschen und Klicken der Großrechner.

»Es klappt«, sagte Leonie, mit einem Anflug von Stolz, als sie den Aufzug nach oben nahmen. Sie blickte auf ihre Handy. »Der Weg ist frei. Das System öffnet jetzt alle Türen in Eden Park. Von allen Häusern und Gebäuden und auch die Schranken am Eingang. Dann schaltet es sich ab.«

»Warum auch die Haustüren?«, fragte Yashi.

»Ganz einfach: damit die Leute nicht eingesperrt sind.«

»Wo müssen wir jetzt hin?«, fragte Vincent, als sie ins Freie traten. Der Himmel über ihnen war zweigeteilt. Eine Hälfte war dunkel, die andere tiefblau. Die tiefstehende Sonne war noch verdeckt, aber ihre Strahlen schienen nur darauf zu warten, durch die Wolkendecke zu brechen. Beeindruckender jedoch war der Blick nach Norden. Dort sah es aus, als hätte sich mitten im Park ein richtiger Urwald gebildet. Eine grüne Insel. Sogar Vogelstimmen, echte Vogelstimmen waren zu hören.

»Ähm«, sagte Äsch. Er schien selbst ergriffen zu sein von dem Anblick. »Da müssen wir hin. Dort müsst ihr die Harmonie erzeugen. Dort haben die Pflanzen sich mit der Erde verwurzelt. Dort können sie eure Schwingung in die Erde übertragen.« Er verstummte. Der Boden begann zu beben. Sie blickten sich ängstlich an. Hatte sich Leonie verschätzt? Blieb ihnen doch keine Zeit mehr, die Schwerelosigkeit zu verhindern? War die innere Welt bereits auf dem Weg durch das schwarze Loch in eine andere Galaxie?

»Das ist zu früh«, sagte Leonie, nachdem sie auf ihr Handy geschaut hatte. »Irgendwas stimmt nicht.«

Vor ihnen tauchten ein Dutzend Sicherheitsbeamte auf.

»Die werden uns nicht durchlassen«, sagte Yashi und ballte die Fäuste. »Wir müssen kämpfen. Wir haben jetzt keine Zeit für Erklärungen.«

»Es sind zu viele«, sagte Leonie. »Gegen die haben wir keine Chance.«

»Doch«, sagte Vincent. Ohne zu zögern, ging er auf die Männer zu, von denen einer in ein Megaphon brüllte, dass sie sich ergeben sollten.

»Ihr seid festgenommen! Ihr habt euch unberechtigt Zutritt zum Serverzentrum verschafft.«

Vincent blieb zehn Meter vor den Männern stehen, schloss die Augen und dachte daran, dass er diese Welt retten wollte. Um jeden Preis. Und auch die innere Welt. Er dachte an seinen Onkel. Er dachte an seine Freunde, an Vincent, Yashi und Äsch. An alles, was er mit ihnen erlebt hatte. Er durfte nicht zulassen, dass ihnen etwas passierte. Und dann dachte er an eine Welle, eine Riesenwelle, die sich vor ihm auftürmte. Meterhoch, ein Kamm aus schäumender, brodelnder Gischt, und dann herabstürzte. Er wusste nicht, woher dieses Bild in seinem Kopf kam. Aber es machte ihm Mut. Es ließ ihn all seine Zweifel und Ängste vergessen. Und er spürte einen tiefen Ton, der aus der Mitte seines Körpers kam. Ihn zum Schwingen brachte und diese Welle, die vor seinem inneren Auge anwachsen sah, mit Energie speiste. Dann stellte er sich vor, wie die Männer auf ihn zurannten und von der mächtigen Welle erfasst und herumgewirbelt wurden. Er hörte Schreie. Und als er die Augen wieder öffnete, lagen die Männer jammernd auf dem Boden. Einige umklammerten die Laternenmasten, andere befreiten sich aus Büschen. Aber keiner wagte es, sich Vincent und seinen Freunden in den Weg zu stellen, als sie an ihnen vorbeigingen.

Der Baum war bestimmt zwanzig Meter hoch und ragte mitten aus dem Basketballfeld, von dem nur noch die Umzäunung zu erkennen war. Der restliche Platz war überwuchert von Sträuchern und Farnen und bambusartigen Pflanzen, die auf der Stirnseite des Platzes eine undurchdringliche Wand bildeten.

»Der Baum müsste also die meisten Wurzeln haben?«, fragte Leonie. »Und vernetzt sein, wenn ich das richtig verstanden habe.«

»Hört ihr das auch?«, fragte Yashi.

»Was meinst du?«

»Es ist still. Die Drohnen, sie …« Weiter kam er nicht. »Spürt ihr das nicht?«, fragte er erschrocken. »Ich hab das Gefühl, gleich zu schweben.«

Jetzt spürte es Vincent auch. Es war ein Gefühl wie in einem der Hochgeschwindigkeitsaufzüge in der Shopping Mall, wenn sie unsanft abbremsten.

»Wie sollen wir den Baum jetzt in Schwingung bringen?«, fragte Leonie. »Wir haben hier keine Instrumente. Kein Klavier, nicht mal eine Trommel.« Sie blickte mutlos zu Äsch, der als Erster zu schweben begann. »Sag uns, was wir tun müssen.«

»Oh, oh, oh. Das ist aber unangenehm, wirklich unangenehm«, kam es von Äsch.

Vincent zog ihn zurück auf den Boden. »Was ist, wenn wir singen? Könnte es damit auch funktionieren?«

»Ich … ich weiß es nicht. So ein Fall ist nirgendwo dokumentiert.«

»Singen?« Leonie hob skeptisch die Augen an. »Und was für ein Lied? Auswendig kann ich nur ein altes Kinderlied, das mir meine Mutter immer vorgesungen hat.«

»Ich kann nicht singen«, sagte Yashi. »Beatboxen ja, singen nein.«

»Was ist mit dir, Äsch?«, fragte Leonie.

»Mehrstimmig, aber falsch. Zumindest für Menschenohren. Das wird nicht helfen.«

»Wir müssen es versuchen«, sagte Vincent.

»Verdammt!«, sagte Leonie und zeigte zum Himmel. »Seht ihr das? Da fliegen Gartenstühle und … dahinten, ein Auto.« Sie blickte auf ihr Handy. »Die Schwerlosigkeit breitet sich vom Eingang her aus. Sie wird gleich hier sein. Wir müssen was tun!«

»Wir versuchen es mit Singen«, sagte Vincent und ging zu dem Baum. »Los, wir nehmen uns an die Hände, damit wir nicht wegfliegen, wenn die Schwerlosigkeit einsetzt.«

Sie stellten sich im Kreis um den Baumstamm und hielten sich an den Händen. Äsch schwebte bis zu einem Ast, an dem er sich festklammerte. »Dahinten fliegen noch mehr Autos«, meldete er von dort oben.

»Wir müssen anfangen«, sagte Leonie. »Sing irgendwas, Vincent.«

Vincent räusperte sich. Er spürte, wie die Schwerlosigkeit, angefangen bei seinen Füßen, immer stärker wurde. Und plötzlich fiel es ihm ein. Die Melodie! Die Melodie, die er beim Sturz in den Krater, in dem darauffolgenden Traum, gehört hatte. Die Melodie, die er verzweifelt in der Mittagspause hatte nachsingen wollen. Die Töne, die sich so falsch angehört hatten, weil da noch der Zwilling die Finger im Spiel hatte. Jetzt fügten sie sich in seinem Kopf zusammen. Und sie hörten sich ganz und gar richtig an. Nicht mehr so unsauber, verstimmt und fremd wie beim ersten Mal, sondern glasklar, als würden sie zu ihm gehören, zu seinem Körper, zu seinem Leben.

»Ka – ba – de – di – do«, begann er zaghaft. Dann sang er lauter. Wieder dieselben Töne. Seine Haut begann zu kribbeln. Sein Körper zu schwingen. Vom Kopf bis hinunter in die Zehenspitzen konnte er es spüren. Aber seine Stimme alleine schien nicht zu genügen. Nur ein leichtes Glimmen an den Blätterspitzen. Er brach ab.

»Ihr müsst mitsingen. Bitte. Das ist die richtige Melodie. Ich weiß es. Ihr müsst mir glauben. Aber alleine schaff ich das nicht, die Schwingung auf den Baum zu übertragen.«

»Wunderschön«, kam es von Äsch.

Yashi gab mit dem Kopfnicken den Takt an. Leonie sang mit. Ihre beiden Stimmen mischten sich. Die Blätter begannen zu glühen. Plötzlich kam die Musik von allen Seiten, wie bei dem Surround-System in ihrem neuen Haus in Eden Park. Die Luft begann sogar stark zu schwingen, dass man es mit bloßem Auge sehen konnte. Wie Wellen aus flüssigem Glas.

Als Yashi schließlich eine Oktave tiefer zu singen begann, was richtig gut klang, fingen die Sträucher und Farne an, sich zu bewegen. Glänzende Tropfen quollen aus der Rinde des Baumstamms, als seien es Tränen. Sie sangen immer weiter dieselben fünf Töne. Auch als die Schwerkraft aus ihren Beinen verschwand und ihre Körper zu schweben anfingen. Sie hielten einander an den Händen fest und bildeten einen Ring, der langsam am Baum nach oben glitt. Für Minuten sangen sie die Melodie. Bis die Schwerelosigkeit wieder nachließ und die Füße wieder Halt auf dem Boden fanden. Und plötzlich tauchten von überallher Menschen auf. Die Pflanzen hatten wie von selbst Wege gebildet, die sie in Sternformation zu dem Platz führten. Kinder, die staunend dreinsahen, als sie Vincent, Leonie und Yashi erblickten. Bis schließlich hier und da ein Kind mit in ihre Melodie einfiel.

Sie wussten es nicht, aber vielleicht spürten sie es, dachte Vincent. Vielleicht spürten sie, dass sie gemeinsam die Kraft hatten, die Welt zu retten und zu einem besseren Ort zu machen.

Epilog

Vincent hielt einen Brief in den Händen. Er war an seine Tante und seinen Onkel adressiert. Nur ihre beiden Vornamen standen in Druckschrift auf dem gepolsterten Umschlag.

Angelika und Cornelius Parker
Sonneninsel
Innere Welt

Leonie und Yashi folgten ihm aus der Holzhütte seines Onkels, wo sie über einen alten Radioempfänger Nachrichten gehört hatten. Eden Park war der Aufmacher sämtlicher Berichte. Journalisten und Wissenschaftler aus der ganzen Welt untersuchten die Pflanzen und Bäume und hatten dafür keine Erklärung. Überall war die Rede von einem Wunder. *Das Wunder von Eden Park.* Maja von Sittgenstein gab Interviews, in denen sie bestätigte, dass sich die Alpha-Gruppe aus der Stadt zurückziehen würde, da das Unwetter und die *botanische Katastrophe*, wie sie es nannte, alle Systeme zerstört hatten und die Bürger sich ab nun selbst verwalten müssten.

Frau Silberfuchs war zurück und machte mit den Schulklassen Führungen durch den *Urwald von Eden Park*, wie Journalisten aus der ganzen Welt die grüne Insel getauft hatten. Vincent,

Leonie und Yashi hatten ihr erzählt, was passiert war, und dafür gesorgt, dass sie wiedereingestellt wurde. Als Nächstes wollten sie sich darum kümmern, dass die ausgestoßenen Haustiere zurück nach Eden Park durften. Das hatte sich Leonies Vater zur Aufgabe gemacht. Er hatte auch dafür gesorgt, dass überall in der *ehemals* modernsten Stadt der Welt Kameras und Sensoren wieder abmontiert wurden.

Äsch, der Superbote ersten Ranges, war mit einem Koffer voller Bücher in seine Welt, nach Betwedew, zurückgekehrt. Der Brand in der Bibliothek hatte nicht alle zerstört. Er hatte seinen drei Freunden aber versprochen wiederzukommen, sobald er mit seiner Ausbildung zum Geschichtenerzähler fertig war. Wie lange das dauern würde, hatte er jedoch nicht gesagt. Vielleicht würde der nächste Brief ja an ihn gehen. Schon diesmal waren die letzten Sätze an ihn gerichtet. In der Hoffnung, Vincents Onkel würde Kontakt zu dem Boten aufnehmen. Leonie, Yashi und Vincent hatten Äsch noch einmal für seine Hilfe gedankt und zum *Weltenboten allerersten Ranges* ernannt.

»Und wenn sie gar nicht mehr dort sind?«, fragte Leonie, als sie bei dem alten Postkasten angekommen waren. »Wenn sie doch durch das schwarze Loch geflüchtet sind? Das kann doch sein. Vielleicht hat Äsch sich nur nicht getraut, uns das zu sagen.«

»Das glaube ich nicht«, sagte Vincent. »Die Magnetfelder haben sich nicht verändert. Und du hast doch gesagt, das hätte passieren müssen, wenn die Formeln meiner Tante stimmen.«

»Ja … ja. Ich hoffe nur, dass ich recht habe. Ist doch ziemlich kompliziert, was sie sich da überlegt hat.«

Yashi hob die Klappe des Postkastens an und versuchte, durch den Schlitz irgendwas zu sehen. »Und du glaubst wirklich, dass dieses alte Ding den Brief in die innere Welt befördert? Und wenn der Teleporter da drin nicht mehr funktioniert? Wäre es nicht besser, das Ding wenigstens mal aufzuschrauben und nachzusehen?

»Nein«, sagte Vincent und gab Leonie den Umschlag. »Mein Onkel hat immer gesagt, dass es für manche Sachen keine Beweise gibt. Entweder man glaubt sie oder eben nicht.«

Leonie lächelte. »Vielleicht hätten wir den Beamer doch nicht zerstören sollen. Ich fand's bei Eron eigentlich sehr schön.«

Vincent schob den Briefumschlag durch den Schlitz. Ein mechanisches Klicken war zu hören, dann kurze Stille und ein leichtes Schaben.

»Ich glaub, das war's«, sagte Vincent und lächelte. Ein Marienkäfer landete auf dem Briefkasten und blieb auf der Stelle sitzen. Die Punkte auf seinen Deckflügeln sahen ziemlich groß aus und sternförmig. Sie erinnerten ihn an den ersten Tag in Eden Park, und wie enttäuscht Vincent von dem kleinen Garten und ihrem neuen Haus gewesen war. Damals war ein ähnlicher Marienkäfer an der Scheibe nach oben geklettert und hatte ihn für einen Moment glücklich gemacht. Vielleicht war der Käfer an jenem Tag ja Äsch gewesen. Sein Freund aus der anderen Welt. Ihn würde er vermissen.

»Ja, wirklich schade«, sagte Yashi. »Ich hätte die innere Welt gerne noch mal besucht. Aber vielleicht ist es auch besser, wenn nur wir wissen, dass es sie gibt.«

Vincent ließ den Marienkäfer auf seine Hand krabbeln. Er pustete über seine Flügel, und der Käfer flog davon.

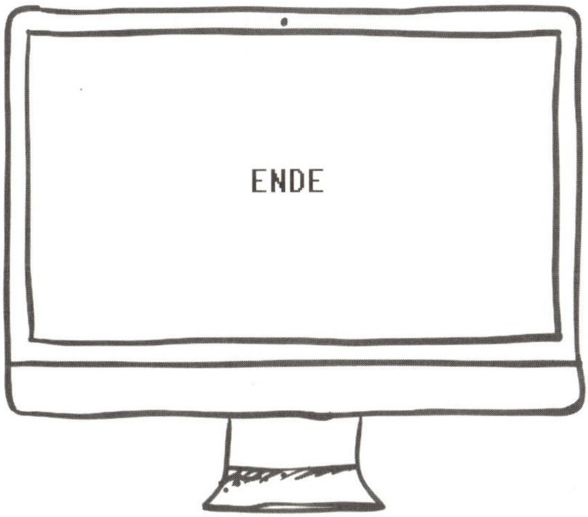

Danksagung

Eine Danksagung sollte ja immer mit einem Namen beginnen. Einer Person, die einem dabei geholfen hat, den Weg durch die Geschichte zu finden. Aber in diesem Fall scheint es mir wichtig zu sein, als Erstes der Musik für ihre großartige Hilfe zu danken. Sie hat mich mit unterschiedlichen Melodien und Texten durch diesen Roman getragen, mich Zweifel vergessen lassen und den einen oder anderen Einfall spendiert. Wer ein Buch oder eine Geschichte schreiben und seine Phantasie beflügeln möchte, sollte Musik hören, sich Stift und Papier bereitlegen und seine Ideen in Worte fassen. Und auch beim Ordnen der eigenen Gedanken kann Musik helfen und einem neue Wege aufzeigen. Töne und Melodien sind das unsichtbare Netz, das alles zusammenhält.

Bedanken möchte ich mich natürlich auch bei Menschen. Allen voran bei Jana, die mich nicht selten aus dem Sumpf der Verzweiflung gezogen hat, wenn sich die Sätze nur schwerfällig zusammenfügen wollten und an vielen Tagen kein Licht am Ende des Tunnels war. Katrin und Nadine, die mit ihrer Freundschaft und ihren Ratschlägen das Leben leichter machen. Freddy, der denselben zynischen Humor mit mir teilt. Nady, Axel, Oliver, Sabine und Werner, die mir ein Netz in dieser unüberschaubaren Welt sind. Und Nina, die mir dabei geholfen hat, die Arbeit des Autors besser zu verstehen und wertzuschätzen.